転生したらケモミミ幼女でフェンリル王の娘でした
〜パパにフレンチトーストプレゼント大作戦！〜

鳴澤うた

この作品はフィクションです。
実在の人物・団体・事件などに
一切関係ありません。

転生したらケモミミ幼女でフェンリル王の娘でした
～パパにフレンチトーストプレゼント大作戦！～

CONTENTS

転生したら
ケモミミ幼女でフェンリル王の娘でした

～パパにフレンチトーストプレゼント大作戦！～

第一章　こんな今世ってありですか？

「生まれかわってもこじだなんて……しかもどれいって、前世よりひどいよ……」

球体のように丸めた小さな体をさらに縮こませながら、幼女はそっと呟いた。

腰に生えている尻尾が、慰めるように頬に触れる。その色も薄汚れた灰色になっていて、油や埃（ほこり）でゴワゴワな肌触りで、決して気持ちのいいものじゃない。

けれど生きてきて誰にも労（いたわ）りをもらえない中、自分の腰に生えている尻尾の温もりは唯一の慰めで、また遊び道具でもあった。

決して広くない台所の一隅（いちぐう）が、自分の居場所だ。

ここが自分の寝床で、自分の世界なのだ。


朝も日が昇る前から働かされ、日が暮れるまで続く。

しかも、小さな体で大人と同じように働かされていた。

井戸から水を畑まで繰り返し運んで、畑を耕し、野菜や麦の収穫をして、家の掃除をして――休む暇もなく働かされていた。

ちょっとでも手を休めれば飼い主に「グズ」「のろま」と、棒で叩かれるからだ。

気を失うほど酷く痛めつけられても、二、三日も経てば完治する治癒能力の高い体に生まれたせいか、飼い主は容赦なかった。

どんなに体を酷使しても、次の日には体力が戻っている。

朝夕は食事をもらえるが、カチカチの硬いパンに僅かな具だけの残り物のスープ。

けれど、物心ついた時からそんな環境の中にいたせいか、それが「当たり前」だと疑いもせず、気まぐれでくれるちょっぴり肉がついた骨にしゃぶりつき、幸せを感じていた。

それくらいしか嬉しいと感じない生き方だったせいか、無反応、無表情が身についてしまっている。

それが飼い主には不気味に見えるらしい。

ある日、飼い主がはかどらない農作業に苛立ち、頭を殴られた。

いつもは目に見える部分は痛めつけない。それは周囲の目があるのと、顔を傷つけたらいざというときに商品にならないという考えがあったからだ。

けれどその日はよほど苛立っていたのか、飼い主は拳で思いっきり頭を殴ってきた。

小さな体は吹っ飛び、コロコロと転がる。耕した畑だったのは幸いでそう衝撃はなかったが、叩かれた頭からは小さな星が飛び交ったのを朧気ながら覚えている。

「……あたい、どうしてこんなところでねてるんだろう？」

気がついたら、畑らしき場所の横で寝ていた。

病院のベッドで寝ていなかった？　と体を起こす。

ううん、違う。確か飼い主の人に頭を殴られて……。証拠に頭が痛い。体も痛いけど。

（『病院』？　って何？　どうして何か分からないのに、そんな言葉知ってるんだろう？）

ううん、違う。『私』は知ってる。

倒れて体の自由が利かなくなって、私は『入院』して、しばらくベッドの上にいた。

――亡くなるまで。

「えっ？　いみがわからない。どうして、こんなところにいるの？」

私は病気で死んだはず。

周囲をキョロキョロと見回す。

屋敷の裏に耕された畑。そして、目隠しをするように煉瓦を積み上げた高い塀。

見知らぬ景色なのに、知っている。

じゃあ、「知らない景色」と驚いてるのは、誰の記憶？

フッと、現れては消えて、また違う記憶が甦ってくる。

（……これは「私」の「加藤葉月」の記憶？）

混乱する。

今は「加藤葉月」じゃない。

手足を見るとかなり小さい子。幼子だ。

しかも、かなり雑に扱われているようだ。

「ええ、と……」

「加藤葉月」の記憶と「あたい」の記憶が、ゴチャゴチャと頭の中でシャッフルしてる。

（今は「あたい」で幼児で、ええと……）

頭を抱え、状況を整理しようと必死なときに、頭巾を被った中年女性が苛ついた様子で近づいてきて、何故か体がひくついた。

「仕事をさぼったから夕飯は抜きだよ！」と、女性は忌々しそうに告げてきた。

「……だれ？」

と、思わずぽかーんと口を開けて、女性を見上げてしまった。

「飼い主の顔も忘れたのかい！　このグズ！」

と、ギャンギャン金切り声を上げながら棒を振り上げてきた。

痛い。痛いのに、「あたい」はどうして逃げないんだろう？　声さえも上げない。

ただ、歯を食いしばって受け入れるだけ。

体を叩いて満足したのか、女性は「ふん」と鼻息を荒くして家へ入っていった。

(思い出した。そうだ、飼い主の奥さんだ……)

一人になって、ふらつきながら家の裏口から台所に入る。

スープと焼ける肉のいい匂いがする。けれど、今夜は食事抜きだ。いや、食事があってもいつも冷めた残り物ばかりだけど。

思い出してくる。

(あたい、今、奴隷なんだ。飼われてるんだ)

習慣で台所の一隅に敷かれた古い藁の上に横になると、丸まる。

体が痛くてそんな体勢をとるのではなくて、自然と体が丸まるのだ。

明かりが漏れる部屋から、楽しげな笑い声が聞こえてくる。

聞きたくもないのに聞こえてくる。ピクピクと耳が動いて会話を勝手に拾ってくるのだ。

そっと自分の耳に触れてみる。毛だ。ゴワゴワしていて手触りが悪いけど。しかも三角。

首には首輪が付いている。これは奴隷の証なのだろうか。それとも何か意味があるのか。

腰に纏わりついていたものが、丸まったついでに先が頬を掠める。

尻尾だ。ユラユラ揺れて思わず噛みつきたくなってしまうのを慌てて自制する。

そうして、ようやく現在と過去の記憶が合致した。

「あたい……『てんせい』したんだ！」

尻尾とケモミミがある。他は……とあちこち触ってみるが、モフモフ部分は耳と尻尾だけらしい。

体つきから、自分は四～五歳くらいの幼女だと知る。

隣の部屋で喋っている飼い主夫婦の話から、どうやら自分は「獣人」と呼ばれる種類らしい。

（ここは異世界？　そしてファンタジーな世界？　それであたいは獣人に転生⁉）

ショックで起き上がるけど、全身の痛みにまた横になって蹲(うずくま)った。

尻尾が慰めるように頬を撫でてくる。

（ううう……自分で自分を慰めるって……前世より酷い……）

前世の自分の名前は加藤葉月。

両親とは幼い頃に死に別れて、それからずっと施設で育った。

奨学金で高校に入り、卒業してから中小企業の事務員として入社。

「これから頑張るぞ！」と張り切ったけれど、同期や先輩との距離感をどう掴んでいいか分からず、オタオタしっぱなしだった。

今時の流行(はや)りもわからず、冗談を言い合っている席でテンポのいい会話もできない。

化粧もどこか垢抜けない。

当たり前だ。奨学金を返済しながらカツカツの生活をしていたからファッション雑誌も買えないし、ＴＶも見ない、ネットもやらないので世間の情報なんてわからなかった。

娯楽の一つも持っていない。趣味は散歩に、古本屋で立ち読みするというもの。

いつもは住んでいる近くの古本屋に行っているけれど、会社の近くの古本屋でたまたま面白い小説を見つけて読みふけってしまったところを同僚に見られてから「ドケチ」、「貧乏くさい」と、認識されてしまった。

それでも節約のために土日に纏めて作っていた惣菜と菓子作りという趣味ができて、お一人様でもそれなりに日常を楽しめるようになってきた矢先のこと――病に罹患してしまい若いということだけあって進行が早く、あっという間に命の火が消えてしまった。

（誰もお見舞いに来ない病室の一隅で祈ったんだ……『馬鹿でも不細工でもいいから、今度こそは優しい両親の元で友人もできて、幸せな人生を送らせてください』って）

けれど――転生して、この有様だ。

親なしなのは前世と同じだが、奴隷として働かされている上に、気にくわないと殴られるというこの状況。

（まだ五歳前後なのに、劣悪な環境の中で育って……）

転生後の僅か五年の自分の人生を振り返ってみる。

どこかの施設から、この飼い主に買われたのが二年前。

自分が育った施設は、どうやら売り専門の業者らしかった。最低限の育児だけして売る。人間と魔物の種類である『獣人』が主だったけれど、たまに妖精族らしき幼児も連れてこられていた。

妖精族は容姿が美しいからすぐに売れたけど。

『魔獣フェンリルが入った混血の獣人らしい。丈夫で少しの怪我ぐらいなら、次の日には治っちまうよ』

なんて売り文句を聞きながら飼い主は、食い入るように自分を見つめ買った。

飼い主は、村では裕福な暮らしをしているらしいとわかった。家は大きく、周囲が茅葺きや板で建てている中で、煉瓦造りだし庭もあった。

ただ、酷くケチだということも知った。小作人や使用人を減らすために自分を買ったらしい。

けれど、「もっと買い叩けばよかった。獣人ならすぐに成長するかと思ったのに、人間と変わらないじゃないか」と、ブツブツ文句を垂れていたのも知っている。

「グズ」で「のろま」の役立たずな上に成長まで遅い。飼い主にとっては想定外だったのだろう。その苛立ちもあって、必要以上に自分を叩くのだ。

頭を叩かれた拍子に前世を思い出して、己の不幸にまた嘆く。

「生まれ変わってもこじだなんて……しかもどれいって、前世よりひどいよ……」と。

生まれて以来、感情を押し殺して生きるのが普通だった自分だが、前世を思い出して泣きたくなってしまう。

それでも泣き声が聞こえてしまったら、また叩かれてしまう。

グッと泣くのを堪える。

「そうそう。あの『グズ』を買ってくれるという金持ちが現れたんだよ」

突然、飼い主が自分の女房に弾んだ声で報告しているのが耳に入ってきた。

いつもより楽しそうに酒を飲んでいたのはそのせいかと、人間より聞こえのいい獣の耳を動かす。

「へぇ、いくらで売ったのよ？」

「支度金を入れてこのくらいだ」

女房が、喜びを抑えきれないという声を上げている。

「何が気に入ったんだろうねぇ……あ、そうか。もしかしたらあれ、あれの趣味？」

「そういうこった。以前から尻尾と耳が獣で人の姿しかとれない幼女が欲しかったんだと」

「あんたはそういう相手を見つけるのが上手いわ。鼻が利くわよね。本当は獣人じゃないの？」

「馬鹿言うなよ」

女房の冗談に笑いが起きる。

「しかも、あの『のろま』を身ぎれいにさせても金が大分残るから、新しい奴隷が買えるわ。今度は、もっと成長した子を買ってきてよ」

「分かってるって。しかし、使えねえ奴を買ってきちまったと思ったけど、最後に役に立ってくれたな」

「『のろま』だって、いい服着させてもらえる生活送れるんだ。体ぐらい好きにさせるわよ」

飼い主とその女房の会話を聞いていくうちに、体が恐怖に震えていく。

――小児性愛者に売られる!?

（そんな……！　今だって酷いのに、こんどは性対象として売られてしまうの？　しかも幼女好きな奴に？）

いやだいやだいやだ！

胸から熱い物が喉へこみ上げてくる。

これは今まで抑えてきた感情だろうか？

一緒に涙も溢れてくる。

（こんな転生したくなかった……！　どうして？　どうして哀しい思いばかりしなくちゃいけないの？　どうして私は家族に恵まれないの？　ずっとずっと前の人生で、私は何か酷いことをしたの？）

どうして？　どうして？

考えてもわからない。

熱い何かが喉を通り過ぎる。

叫びたくて泣きたくて、とうとう大きな声を上げて泣いた。

「……ぅ、わぁあああああああああああん！！！」

顔をぐしゃぐしゃにし、天井を仰いで大泣きする。

「おい！　うるせーぞ！」

飼い主が泣き声に気を悪くし、酔いでふらつきながらやってきた。

それでも泣き声も涙も、止めることもできない。堰（せき）を切ったように止まらないのだ。

「言うことを聞けないのか！」

壁に立てかけていた火かき棒を手にして、近づいてくる。

また叩かれる。それも哀しくて、ますます大声で泣き出す。

「この……『グズ』が！」

飼い主の、火かき棒を持った方の腕が振りかぶった瞬間だった。

――パキンッ！

音を立てて首輪が真っ二つに折れ、外れた。

「……えっ？」

首輪が外れたことに飼い主も驚き、動揺している。外れた本人も泣くのを止めて、何もなくなった首を擦る。

（なんだろう、すごく体が軽くなった気がする）

首輪、重たかったのだろうか？　と涙を目に溜めながら首を傾げていると、ブン！　という空を切るような音が聞こえ、咄嗟に避けた。

火かき棒の尖端が石床に刺さったのを見て、ゾッとする。

「こいつ！　避けやがった！　魔力封じの首輪が外れたからっていい気になるなよ！」

そうか、これは魔力を封じるための首輪だったんだ、と体が軽く感じたことに納得する。

けれど、それに感心している状況ではない。

飼い主は引き続き火かき棒で自分を叩こうとする。二打三打と振り落とすのを四つ足の獣姿勢で避けた。酔っ払っている分、動きが鈍いので余裕だ。

（首輪が外れて魔力が出るようになった効果なのかな？）

いつの間にか体の痛みも消えている。治るのがいつもよりずっと早い。

「あんた、何やってるの！　私が大人しくさせるわ！」

酒の影響で動きの鈍い旦那に苛立ったのか、女房が火かき棒をひったくって駆け寄ってきた。

（逃げなきゃ！　逃げるんだ！）

その思いだけで飼い主とその女房の隙間をすり抜ける。

しかし、閂（かんぬき）のしてある扉で呆気なく逃走を遮られてしまった。

キュウンキュウンと声を上げながら閂に手を伸ばすが、立ち上がっても背が届かなかった。

ガツン、と肩に衝撃が走り、痛みにその場に蹲る。

「この……手間を取らせて……！」

女房が再び火かき棒を振り上げた——その瞬間。

扉が大きな音をたてて、上半分が吹っ飛んだ。同時に、女房の体も吹っ飛ぶ。

驚いて顔を上げると、上半分なくなった扉から、銀毛の獣が顔を覗かせていた。

第二章　「パパだよ」と現れたフェンリル

（……犬？　狼？　……ううん、ここは異世界だからきっと違う名前……）

犬にしても狼にしても、かなり大きい種だ。顔だけで扉の上半分は埋まってしまっている。

視線が合う。

「……扉から離れていろ」

怒りを抑えているような声音でそう言ってきたので、急いで側面の壁に逃げる。

自分が離れたのを確認すると、銀毛の獣は更に大きい音をたてながら屋敷内へ入ってくる。扉だけでなく、その周辺の壁まで壊しながら。

いや壊れてしまったという方が正しいかもしれない。その獣は、扉の幅で中へ入れる大きさではなかったからだ。

壁一面を半壊させ、のそりと入ってきた獣は、一言で言えば「美しい」姿だった。

毛並みは月の光に反射して輝く銀色。毛に覆われていながらも筋骨逞しいものだとわかる肢体。

そして、月の色よりも濃い金色の瞳は、掘り当てた金塊のように輝いていた。

「ま、魔獣だ！　フェ……フェンリルだ……！　ほ、本当にフェンリルの子だったのか!?」

すっかり酔いの覚めた飼い主が、腰を抜かしている。吹っ飛ばされた女房は野菜の貯蔵庫に頭から入ってしまい、ズロースが丸見えになっていた。

のそりのそりと、ゆっくり中へ入ってくる。その姿は威厳に満ち溢れていて、声すら上げられない。

フェンリルと呼ばれた銀色の獣は、尊大に口を開いた。

「そうだ。ここにいる幼子は私――フェンリルの血を引いている。ずっと探していたが突然この子の魔力を感知したので、こうして急ぎやってきたのだ。お前が養い手か？」

飼い主は急に手をすり合わせ、ヘコヘコとしだす。

「そ、そうなんですよ。いやぁ……二年前に行き倒れているところを介抱しましてね。それからもう、我が子のように大切に育てました。それなりに金もかかりまして……」

真っ赤な嘘だ。騙されないで！　と叫ぼうとしたが、フェンリルが鼻を鳴らして笑った。

「フン……ッ！　作り話も大概にしろ。私は娘の泣き声に呼ばれたのだ。それに、なんだ娘のこの格好は？　ボロ雑巾のようではないか！　大切に育てた？　どの口が言う！」

「そ、それは……悪さをしたので、そのお仕置きを……」

「ほう？　では人間の言う『我が子のような育て方』というのは、ボロボロの服を着させ、幼子の体を何度も打ち、食事も碌に与えないことをいうのだな？」

「そ、それは……怪我は、この子が勝手に……！」

「もう戯れ言は結構だ!!」

夜の静寂に響くほどのフェンリルの怒声に、飼い主はビリビリと体を震わせる。

ノシノシとフェンリルは飼い主に近づいていくと、大きな口をゆっくりと動かし、怒りを押し殺しているかのように言い放った。

「では、ここまで我が娘を育てた礼を、お前のやり方で返そう」

「――それはありがた……っ？　へっ？　ちょっと？　何を!?」

フェンリルは飼い主の首根っこを咥えると、首を振り上げた。

瞬間、飼い主は夜空に浮かぶ月に向かって飛んでいき、見えなくなった。

「……やれやれ、人間の中でも酷い部類の奴だった」

フェンリルはぼそりと呟くと、ぽかんと座ったままの私に近づいてきた。

飼い主とこのフェンリルの話を纏めると、目の前にいる大きな魔獣は自分の父親らしい。

フェンリルは、恐る恐る顔を自分に近づけてきた。

自分を見つめる金色の瞳は、ゆらゆらと揺らいでいる。

クンクン、と鼻を鳴らし、「やっと見つけた」と喜びに震えながら、鼻先を私の頬に付けてきた。

この匂い。自分と似ている。胸の奥に再び熱い塊が生まれ、ゆらゆらと揺れている。

(自分の中の魔獣の魂が訴えているんだ。……お父さん、って)

「……お、おとーさん?」

思い切って呼んでみる。

するとフェンリルはブワワワ！ と目から滝のような涙を流した。

「そうだよ！ パパだよ！ アリア！ 私の愛しい娘！」

「おとう、さん?」

「まだ幼いのだから、そんな畏まった呼び方でなくていいんだよ、アリア。『パパ』とか『パピィ』とか『パッパ』と呼んでくれて、ぜんっぜん大丈夫だ！ むしろ嬉しい……！」

(ええ……『パパ』はいいけど『パピィ』とか『パッパ』はちょっと……)

それに自分のことを「アリア」と呼んでいた。今まで自分に名前があるなんて、考えもしなかった。

いつも「グズ」や「のろま」なんて呼ばれていたから。それが自分の呼び名だとずっと思っていた。

「あ、あのっ！ さっきあたいのことを『アリア』って」

「そうだよ、お前の名前は『アリア』だ。アリアのママが付けてくれた名前だ」

「ママ……！　ママもいるの？」

天涯孤独の幼女に転生して、しかも奴隷という境遇に失望していた矢先に、魔獣でも自分には親がいて、こうして探して見つけてくれたことに感激する。

しかも『アリア』という名前まであったのだ。

――けれど、『父』と名乗ったフェンリルは『ママもいるの？』という言葉に、金色の目を曇らせた。

(何か、変なこと聞いちゃった？)

「アリア……、その、ママはな……」

フェンリルが消沈した声音で話しかけてきて、アリアは首を傾げる。

「とにかくこの家から出よう。アリアの本当のお家へ帰ろう」

と、アリアの首根っこを優しく噛むと、そのまま屋敷から出る。

(そうか、魔獣だもんね。人みたいな抱っこは無理か)

甘噛みなので痛くもない。ちょっとこそばゆい感覚があるだけだ。

「エゼキエル様」

父だと名乗ったフェンリルの前に、また違った大きな獣が現れた。

姿形から父と同じだ。きっとフェンリルだろう。ただこっちは灰色の毛並みだ。

「フェンリル、ふえた！」

思わず声を上げて喜んでしまう。

前世を思い出してもまだまだ五歳児。鏡で自分を見ればきっと、目がキラキラ輝いてるに違いない。

灰色のフェンリルは一瞬アリアを見て首を傾げたけど、すぐに「おお！」と感激の声を上げた。

「アリア様！　アリア様ですね？　エゼキエル様がいきなりお邸から飛び出したので慌てて追いかけましたが……なるほど！　お嬢様を無事に見つけることができて、ようございました！」

エゼキエルと呼ばれた父フェンリルは、大儀そうに頷く。

「しかし、かなり汚れているご様子。すぐにお邸に戻りましょう」

灰色フェンリルが言うと、エゼキエルが先頭にたち、走り出す。

(走る、というの？　これ！)

想像していた速さと違って、しばらく呆然としてしまう。

前世の記憶で表現すると多分、時速百キロは余裕で越えている。

それを直に肌で感じているのだから体が風を受け、ビリビリと小刻みに波打っている。

しかも、体が前後左右に激しく揺れてもいる。

それでも、怖いと思わない。

（それどころか面白い。ワクワクしてる）

前世の加藤葉月のままだったら失神どころか、体に損傷を受けそうだが、そこはさすがにファンタジー世界の魔獣に転生しただけある。

自分は魔獣の血を引いているんだと、アリアは改めて認識した。

「プワァアアアプワァアアアアア、おおおおお、おおうちぃいいいどおおおおこおおおでええええすうううくわあああああ？」

喋ろうとすると口の中に空気が、風が入ってきて、上手く喋れない。

「エゼキエル様、アリア様がお苦しそうです！　少し足を遅くするか、背中に乗っていただくのはいかがでしょう？」

灰色フェンリルの進言にエゼキエルはピタッと足を止め、アリアを口から離した。

「それは悪かった、アリア。パパの背中に乗っていくかい？　少しゆっくり走ろう。そうしたら、お話ししながらいけるからね」

「は、はい！」

エゼキエルが屈んで、アリアを背中に乗るよう促す。

「お手伝いしましょう」

と灰色フェンリルがアリアの首根っこを咥（くわ）えると、エゼキエルの背中に乗せてくれた。

銀色に波打つ毛皮の、なんてフワフワなことか！

「あ、あたいも、フェンリルにへんしんしたら、ぎん色フワフワになる?」

「私の娘だからな!　銀色フワフワだぞ!」

ハハハ!　豪快に笑うと背中も揺れて乗ったアリアの体も揺れる。

それが楽しくてアリアは背中に貼り付く。

(さすが幼女だわ。ちょっとしたことが面白くて仕方ないんだ)

でも、それだけじゃないってことはわかる。

アリアにとって今、一番嬉しくて楽しくて仕方ないことは父親がいて、ずっと自分を探してくれていて、こうして迎えに来てくれたことなのだ。

体中が高揚している。前世の私も、嬉しくてドキドキしている。

死を迎えたときに必死に願ったことが、一つ叶ったんだと。

(神様、ありがとうございます。魔獣に転生しても嬉しいです!)

モフモフお父さんは、強くて格好いいし。

きっとお母さんだってモフモフで、こんな風に柔らかな毛並みを持って自分を抱き締めてくれるのに違いない。

(……あ、抱き締めるんじゃなくて、ペロペロ舐めるのかな?)

それだっていい。

アリアはこれから会える母親が、どんな姿なのか想像する。

（想像するより、聞けばいいんじゃない？）

先ほど、母親のことを尋ねようとして途中で逸らされてしまったのだから、父の背中に乗っている今がいい機会だ。

「おとう……じゃなく、パパ」

「なんだい、アリア」

「あ、あの……お、じゃなくて」

「アリア、もう一度『パパ』って呼んでくれ」

「へっ？　……は、はい。『パパ』」

「もう一度」

「『パパ』」

「もう一度！」

「……『パパ』」

「もっと呼んでくれー！　五年も聞けなかったんだ！　お家に着くまで『パパ』って呼んでくれないか！」

――結局『ママ』のことが聞けず、屋敷が見えてくるまでひたすら『パパ』と呼んでいたアリアだった。

◇　◇　◇

「あの切り立っている山々に囲まれて、我らの国『レスヴァ連合国』がある」

アリアは、エゼキエルと一緒に針のように尖って連なっている山脈を見上げる。

細く尖っている山の頂上は真っ白で、雪が積もっているのだとわかる。

それ以外は灰色に近い茶色の、草木の生えないはげ山で、辛うじて麓に針葉樹や苔がポツポツ生えているだけだった。

「アリア様、この土地は太古から竜が住み、草木は生えず、人が長くいると死んでしまう場所でした」

「『リュウ』!?　リュウがいた?」

灰色フェンリルが説明している途中でつい尋ねてしまい、アリアは「しまった」という顔をして手で口を押さえた。

「お話のとちゅうで、ごめんなさい……」

恐る恐る謝る。こんなことをしたら叩かれる習慣が体に染みついて、背中まで丸めてしまう。

「構いませんよ。竜なんて人間の住む世界に滅多に現れないでしょうし。それに最後に姿を見せたのは百年も前ですから」

「今は、リュウはいない？」

「ああ、『嫁探し』に行ってしまったのだ」

灰色フェンリルの代わりにエゼキエルが答える。

「おねさん……ここにいたリュウは、男だったんだ」

「ああ、アリアは賢いな！　嫁探しと言っただけで竜の性別を判断したぞ！」

ちょっと考えれば分かるのに、と心の中で突っ込んだアリアだが、あまりに父が喜ぶので「えへへ」と愛想笑いだけした。

「リュウは、ほかにもいる？」

「それはわからん。それに『生涯の伴侶（はんりょ）』は別に同族じゃなくても構わんからな。あやつは『一匹（ひとり）でいるのがつまらないし、寂しくなった』と、私にこの土地を譲って出て行ったのだ」

アリアはビックリして大きな目を更に大きく開いて背中から身を乗り出し、エゼキエルの顔を覗く。

「パパはリュウとお友だちだった？」

「まあ、『友』というより『好敵手（ライバル）』だったのだ。腕試しに何度もやり合ったのだぞ。大体は私の勝ちだったたな」

「すごーい！　すごーい！　リュウにかった！　すごーい！」

　アリアに尊敬の眼差しで「凄い」を連発されてエゼキエルは鼻高々だ。

「エゼキエル様、先に行ってアリア様のご到着の知らせと、支度の準備を促しておきます」

　灰色フェンリルはそう言って、頭を下げると大きくジャンプをする。

「ふわぁ」

　その跳躍力を見て、アリアは口をあんぐりと開けたままだ。

　何せ、一蹴りで山の半分の高さまで辿り着いてしまったのだから。

「何、パパなんて一蹴りで山の頂上に着くぞ」

　アリアの興味をお付きのフェンリルにとられたのが悔しいのか、エゼキエルも鼻息を荒くして助走を付ける。

「アリア、しっかり掴まっていろ」

「はい」

　体全身でエゼキエルの背中に張り付く。

「行くぞ！」

　いうや否や、エゼキエルの体が宙に浮いた。

「うわー！」

まるで背中に羽が生えていて鳥のように飛んでいるような感覚に、アリアはゾクゾクする。

エゼキエルの前足が地に着いたときには、もう頂上だった。

「アリア、眼下に広がるこの国が『レスヴァ連合国』だ」

アリアもエゼキエルの背中から見つめる。

山を越えたらそこは別世界だ。こちらには山の麓から針葉樹林の森が広がり、森から何本もの道が中央に向かって伸びている。

その道の先には拓(ひら)けた土地があり、建物が所狭しと建っている。

「……にんげんのすむ国とかわんない」

「まあな。国の中でも幾つかの州に別れていて、私とアリアの種族『フェンリル』が住む州があるのだ。他にも多種多様な種族が集まった州があって、それを纏めて『レスヴァ連合国』と名付けたのだよ」

(アメリカ合衆国と同じような政権なのかな)

「じゃあ、その国ごとにしゅぞくの、とくちょうをそなえた、けんぽうとか、自(じ)ち体(たい)が、あるね？」

「アリア！」

「は、はい！」

「お前は天才だ！　私が説明しなくても理解しているとは！　『一を聞いて十を知る』非常に賢い！　さすが私の娘だ！」

（故事成語ってこっちにもあるんだ……）

内心ツッコんでいたアリアだが、ガハハ！　と大きな声で思い切り笑っていたエゼキエルが急に笑いを止めたので、これから何かが起こるのかと固唾を呑む。

エゼキエルは首を真っ直ぐ伸ばし、天に向かって遠吠えを上げた。

ゥオーーーーーン

何度か吠えると、レスヴァの町並みからも動物の遠吠えが返ってくる。

フェンリルだけでない、数種類、いや、もっと多くの動物たちの遠吠えだ。

「聞こえたか、アリア？　今の声は魔獣たちの歓迎の声だ。私の娘が見つかった祝いの遠吠えなのだ」

「かんげい……してくれてるの？」

「そうだぞ。ずっと私が娘を探していることをここの住民たちは知っている。だからこそ、こうして『おめでとう』と返してくれたのだ」

凄い。まだ続いている遠吠えにアリアは素直にそう思う。

そして、父エゼキエルの人気に。夜中にこれだけの祝いの遠吠えを返してくれているのは、日頃からエゼキエルは国民から親しまれて、支持されているということだ。

（あたい、凄いお父さんの娘だったんだ）

天に轟く遠吠えを聞きながらアリアは、改めて自分の境遇に武者震いをした。

第三章　私がファーストレディ!?

「パ……パパ？　こ、ここがおうち？　アリアのおうち？」

目の前にそびえる白亜の建物にアリアはしばし唖然とし、それからどもりながらも一生懸命エゼキエルに尋ねた。

（こ、こういう家って前世にも見たことあるよ！　大統領！　大統領になった人が住む家だよ！）

外観が全て真っ白。お迎えする柱は太くて優雅で、ギリシャとか古代ローマにありそうな装飾を施されている。夜の闇の中、ほんわりと光っているように見えるのは、きっとアリアが生きてきた五年の間、これほど立派な建物を見たことがないからだろう。心理的にそう見えているに違いない。

「さあ、入るぞ」

驚いて父の背中から転がるように降りたアリアの後ろ首を、エゼキエルは再び咥えると、悠々と玄関から入っていく。

声も手もかけずに玄関の扉が開いたものだからアリアは「魔法？」と呟く。ここはファンタジー世界だ。飼い主であった夫婦は魔法を使ってなかったけど、使える者がいたっておかしくない。

しかし魔法という存在があるのかどうかなんて聞いている余裕なんて、アリアにはなかった。

何せ――。

階段まで続く長い絨毯の両脇、縦一列に色々な種族の魔物がビシッッ、と綺麗に整列して出迎えていたのだから。

「お帰りなさいませ！」

「初めましてアリア様！」　エゼキエル様！」

「お帰りをお待ちしておりました！　アリア様！」

次々と寄せてくる波のように、魔物たちが頭を下げ挨拶と祝いの言葉を言ってくる。

（ほわ～っ！　古本屋で読んだ本の挿絵にあるような魔物がたくさんいる！　ケンタウロス！　狼のお顔！　狼男？　小っちゃい！　小人かな？　それともドワーフ？　コウモリみたいな羽が背中に生えてる人もいる！　猫！　猫！　ケット・シー？）

物珍しげにキョロキョロするアリアを余所にエゼキエルは満足そうに頷き、娘を降ろすと整列している魔物たちに告げる。

「皆の者！　ようやく娘アリアが見つかった！　今から祝いの宴と言いたいが、まずは娘を身綺麗にしたい！　宴は改めて盛大に執り行うとして――まずはアリアに風呂と食事だ！」

「承知しました！」

「お任せください！」

三名の真っ白なエプロンをつけた魔物が、アリアに駆け寄ってくる。

猫顔に兎顔、それからトカゲ顔だ。前世の記憶を思い出したアリアは人と変わらない動作をする魔物が珍しくて、大きい目をさらに大きく開いて三人を見上げた。

「さあ、アリアお嬢様。お風呂にご案内しましょうね」

「それから可愛いネグリジェをご用意いたしましょう。何色がお好きですか？」

「お風呂上がりのお飲み物はいかがしましょう？　季節の果物でフレッシュジュースをお作りしましょうか？」

（うわうわうわっ）

一斉に詰め寄られ、アリアは口をパクパクしてしまう。

そんなアリアを見て三人は「きゃーっ」と悲鳴を上げる。

「なんて可愛らしいんでしょう！」

「きっとフェンリルのお姿になったら、もっとお可愛らしくなるわ！」

「さあさあ、嫌な人間がつけた臭いを落としましょう」

兎顔の魔物が真っ先にアリアを抱き上げると、三人はエゼキエルに腰を落とし挨拶をする。

「ん、夜遅くに頼んですまないが、娘を綺麗にしてくれ」

エゼキエルの労りを含んだ言葉に「とんでもございません」と三人は笑って答えると、アリアを風呂場へ連れて行った。

兎に抱っこされたアリアは、他の事を考えていた。

（ママ……いなかった）

お付きのフェンリルが先触れしてくれている。そして国中に伝わった。

なのに、母親が現れないのはおかしいと前世の記憶に頼らなくてもわかる。

エゼキエルにそれとなく聞いたら、話を変えてはぐらかされたことも「もしかして」という疑惑をより大きくさせ、胸がチクチクする。

服を脱がされ真っ裸になったアリアは、ブンブンと首を横に振る。

（今度こそ聞くんだ！　前世の「話し下手」から成長しないと！）

まだ五歳！　人生というのか犬生というのか、魔獣としての生はこれからだもの！

アリアは泡たっぷりモコモコのお風呂に入り、他人に洗ってもらい、レースがついたお姫様のような白いネグリジェを着せてもらうという、前世を含めて初めてづくしの経験をした。

兎顔の魔獣が、アリアの髪を丁寧に梳かしながら、

「まったく、アリア様の養い人はなんて酷い！　一度も髪を梳いてもらったことなんてないんじゃないかと思うほど酷い有様ではありませんか！　体の汚れも酷かったし、何度もお湯を入れ替えねばならなかったじゃないですか！」

とプリプリする。怒りでダンダン！　と床を足で鳴らすほどだ。

なんだか自分が怒られているようでアリアは「ごめんなさい」と謝る。

「アリア様が謝ることじゃありませんよ。ここに来て土下座してほしいのはその養い人です」

と、猫顔が優しい声でアリアのネグリジェのリボンを結ぶ。

『養い人』じゃなくて『飼い主』だけど、そこは言い方を変えてくれてるんだなとアリアは思った。

「さあ、喉が渇いたのではないですか？　絞りたての果物ジュースをお飲みください」

トカゲ顔も、鱗のついた手で恭しく飲み物の入ったグラスをアリアに渡してくれる。

食べ物どころか飲み物も今日は碌々口にしていない。アリアは受け取ると一気に飲み干した。

「おいしー！　あまーい！」

「気に入っていただけてよかったです」

兎顔もトカゲ顔も猫顔もそんなアリアを見て、エプロンで目頭を拭う。

「さあ、残りはお父様と一緒に召し上がりましょう。今のアリア様のお姿を見たらびっくりなさいますよ」

「うん、あたいもびっくりした」

アリアはネグリジェの裾を持って、自分が映る鏡を眺める。

もっさりとこんがらがって綿埃のようだった髪は、今は艶々と銀色に輝いて肩に落ちている。こんがらがっている髪をよくぞここまで、という出来映えだ。

肌も日に焼けて小麦色だと思っていたのに雪のように真っ白だ。あれは垢だったんだと恥ずかしくなる。

尻尾も耳もフサフサフワフワで、ふるんと尻尾を一振りすれば、石けんのよい香りとともに羽のように優雅に揺れた。

けれど、アリアが一番驚いたのは自分の容姿だ。

大きなアメジスト色の瞳に、小さいながら通った鼻筋。ほんのりと紅色の頬。それに銀色に輝く髪が、それらをより一層存在を引き立たせている。

（うっわぁぁああ！　あたい美少女、じゃなくて美幼女だったんだ！）

鏡にへばりついてウットリしているアリアを三人の魔獣は、

「お父様のエゼキエル様が、今か今かとお待ちですよ」

と引っぺがして食堂へ連れて行かれた。

食堂に行くと、そこには見目麗しい一人の男性が忙しなくウロウロしていたが、アリアを見ると蕩けた顔になり、ダッシュで近づくと軽々と抱き上げた。

「アリア……！　お姫様みたいだよ！　いや、お姫様だね！」

頬をスリスリされて、アリアは男性の嗅いだことのある匂いに恐る恐る尋ねる。

「パパ？」

「そうだよ、パパだよ。そうか人型の姿を見てびっくりしたんだね。でも、すぐにパパとわかってアリアは賢いな！」

「においでわかった」

「そうかそうか！　私の嗅覚を受け継いだのだな！」

「あたいもビックリした」

「何がだい？」

「パパ、イケメン」

「？　イケメン？」

「『いけてる』の。『かっこいい』とか『ハンサム』とか『び男子』とかそういいみ」

言葉が分からず首を傾げたエゼキエルに、アリアは噛み砕いて説明する。

「そうかそうか！　パパは人型になっても格好いいと言いたかったのか！　アリアは凄いな、言葉も作るなんて」

（そうだった。『イケメン』って前世の言葉だ。でもあたいは五歳だから、子供が勝手に作った言葉だと思うし。無問題（ムモンダイ））

子供というだけで、こういうところスルーしてくれて助かるとアリア。

「可愛い可愛い」とほっぺたや額にチュッチュッとキスを落としてくる顔の蕩けきったイケメンは、人間社会に出没したら女性たちに騒がれ追いかけられるのではないかと思うほど良い顔をしている。

白銀の髪は緩やかに波を打ち、鼻筋の通った彫りの深い端正な顔立ちだ。しかも貴公子のような品も備えてる。これで耳と尻尾がなければ、完璧すぎてこの場に人間がいたらひれふして拝（おが）みそうだ。

ペロペロ　ペロペロ。

（……まあ、完璧すぎても近寄りがたいだけだし……）

抱き上げてくれたのはいいが、キスからペロペロになってしまったのはいただけない。

フェンリル（元）の姿になっているときだけお願いしたいとアリアは思う。

親子の感激の対面からそう経っていないので、なすがままにペロペロされていたが、顔がびっしょりになってきたのでいい加減に止めようかと思っていたとき、ミルクの匂いが鼻腔を掠めた。

「——ミルク！」

エゼキエルから顔を逸らし、クンクンと鼻を鳴らしミルクの匂いを嗅ぐ。

「おお、夜食がきたようだぞ」

アリアを子供用の椅子に降ろし、自分も隣に座る。

タイミングを計ったように、兎顔がアリアの首にナフキンをかける。

真っ白なクロスがかけられたテーブルに、スプーンにお水、風呂上がりに飲んだ果物のジュースが置かれ、アリアはワクワクしてきた。

コックの服をきた豚顔の魔獣が、アリアの前に湯気のたつ白い粥のようなものを恭しく置いた。

「ろくろくお食事を召し上がっていなかったと推測しまして、今夜は消化のよいミルク粥にしました。お召し上がりください」

アリアはエゼキエルの顔を見る。「食べていいの？」と。エゼキエルは「お食べ」と頷く。

アリアはミルクの甘い匂いにクラクラになりながら——皿に顔を突っ込んだ。

熱い、熱いけど美味しい。ミルクにお砂糖がちょっぴりと、それとパンを小さくちぎったものが入ってる。それと麦も。柔らかく煮立ててくれて噛まなくても食べられる。

「おいしい！　おいしい！　めちゃおいしい！」

アリアは美味しさに感激しながら、皿についたミルクまで綺麗に舐めた。

「おいしかった！」

顔を上げて鼻や頬についたミルクや麦をペロペロ舐める。ついでにテーブルに溢れた粥も指でつまんで食べ、ジュースも豪快に飲み干した。

「こんなおいしいの、はじめて食べた！」

ぷはーっ、満足とひと心地ついてハッとした。

やけに静かだ。

エゼキエルならきっと「はっは、豪快な食べ方だな。さすがフェンリルの血を引くだけある」とか褒めちぎりそうなものなのに。静かだ。

兎顔を見ると顔が真っ青だ。豚顔のコックも俯いている。

（あたいの食べ方、もしかしたらそんなにひどかったの？　だって今までそうやって食べていたからそういうものかと……！）

そして、気づく。スプーン置いてあるじゃん、と。スプーンが置いてあるということは、魔獣でもマナーというものがあるということじゃないか？

人型になれるんだから、そういうときには人間と同じようにフォークやスプーンを使うのかもしれない。

恐る恐るエゼキエルを覗き見る。

エゼキエルは目頭を押さえ、懸命に嗚咽を抑えている。

「……可哀想に、そんなに飢えていたなんて」

「本当に……アリア様を奴隷として酷使していた人間どもが許せません！」

兎頭が同調してハンカチで顔を押さえる。

「さあ、お嬢様。おかわりは？　今度はゆっくり噛んでお食べください。お腹がビックリしてしまいますからね」

ブヒブヒと泣き声を出しながら、豚コックが新しいお皿で二杯目のミルク粥を出してくれた。待機している他の魔物たちも哀しげな表情でアリアを見守っている。

「あ……ありがと……」

確かに滅茶苦茶お腹が空いていて、美味しいと感じる匂いについついがっついてしまった。けれど犬系の魔獣の自分はこの食べ方が普通だと思っていたので、周りの反応が意外で躊躇ってしまう。

アリアは前世の記憶に頼ってスプーンを手に取り、今度は粥をすくう。

この体ではこういうことに慣れていないし、周囲に注目されていて緊張にスプーンを持つ手が震える。

──頑張れ、頑張れ。

という無言の応援という圧がアリアの体に刺さる。

プルプルと揺れる手でどうにか口の中に入ると「ワッ」という歓声と拍手が起こった。

「アリア！　凄いぞ！　誰も教えていないのにスプーンを使えるなんて！」

「アリア様！　ご立派です！」

「さすがエゼキエル様の御子です！　素晴らしい！」

口々に褒め称えてくる。

嬉しいけれど、大げさじゃないかなと思うアリアだ。

一口スプーンで食べるごとに喝采が起きる中、夜食を食べている。

そのうちアリアは眠たくなってきた。当然だ、今は夜中。奴隷として働いていた頃だってとうに夢の中。

コックリと船をこぎ始めてしまい、カクン、と大きく体を揺らしてはハッと起きるが、また瞼が落ちてくる。

睡魔には勝てない。ましてや、温かくて美味しい食事を食べたのだから。

「おねむのようだね」

エゼキエルはアリアの顔を拭くと、抱き上げてくれる。

「今夜は、お父様と一緒に寝よう」

「うん……」

なんとか返事をしたが、もう限界。

アリアは父であるエゼキエルの腕の中で、深い眠りに入った。


【側近ガイズのつぶやき】


私はフェンリル族のガイズ。

フェンリルの王であり、レスヴァ連合国の大統領を務めているエゼキエル様の側近だ。

名誉ある職につき、誠実にエゼキエル様を支えている。

エゼキエル様にお仕えしてから彼の指導力とカリスマ性を近くで見るようになって、私はますます尊敬の念を持つようになった。

特に本来のお姿は大変に素晴らしい。毛が銀色に煌めき、金色の瞳は夜の空に孤高に輝く月のごとく。毛皮の奥に潜む筋肉の躍動が素晴らしく、私でも見上げるほどの体躯は、約千年生きていると納得できる大きさだ。

人当たりもよく、決して国民を粗略に扱わない。時々、思想の違う者たちとぶつかりはするが、それでも擦り合わせようという努力を怠らない。

そんなエゼキエル様にはよく見合い話が浮上する。現在、独身であるエゼキエル様を「我が娘を妻に」と切望する魔物の多いこと。

そんな話がくると、エゼキエル様はムッとした顔になり、こう仰る。

「亡くなったとはいえ、私には妻がいる。そして行方の知れない娘も。まだ妻を愛しているし、娘も見つかっていない。後妻を持つなど考えられん」

と。

フェンリル族は一夫一妻で、番となったら互いを深く愛し、パートナーを代えるということなどないのだ。たとえ片割れが儚くなっても。

それでも食い下がる者たちは、エゼキエル様の噛みつくような鋭い眼差しを受ける。あまりにしつこいので実際に噛みつかれた者もいるが。

そういった場合、私も側近としてあらぬ噂が立たぬよう、また、怨みを買わぬよう立ち回り、エゼキエル様の補佐をするのだ。

側近となって三年。寿命の長い魔獣にとっては、あっという間に時が過ぎた。

ふと気づくと、エゼキエル様はぼんやりと外を眺めているときがある。お疲れなのかと、時間があればそっとしておいているが、時々、呟いている言葉があった。

それは「アリア」だ。

エゼキエル様の奥様の名前とは違う。まさか、想う相手ができたのかと聞いてしまった。エゼキエル様は「娘の名だ」と教えてくれた。

産まれる前に奥様と名前を考えておいたのだという。

「フェンリルの鼻をもってしても居所が掴めん。魔力を封じられているのだろう……忌々しい」

ガル……と、エゼキエル様が人のお姿で唸る。仕事中は人のお姿を取っているがそういうときには大抵顔だけフェンリルに戻って、同族である私から見てもおそろしい。

同時に『哀しみ』が体を包み、エゼキエル様がどれほど娘と会うことを切望しているのかわかり、こちらも哀しくなってしまう。

「きっと会えます。見つかりますよ」

私は慰めに、いつもと変わらない言葉をかけるのだ。

そして――ある日、エゼキエル様が寝室に入る際に突如フェンリルの姿に戻った。

「エゼキエル様？」

「この匂いは同族！　アリアか!?」

そう叫ぶと窓を破って走り去る。これはいけない。私も追いかけねばと、急いで姿を変えて追いかけていった。

私の気が急いていく。アリア様が見つかった？　どうして急に？　いや、でもこの慌て方は、本当にアリア様が見つかったに違いない。

彼の足の速さには追いつけない。匂いを辿って着いた先には、エゼキエル様と汚れた魔獣の子がいた。

酷い汚れとボロ着を纏った小さな子供は人の匂いが混じっているが、確かにフェンリルの子であった。

（しかもこの匂いは……エゼキエル様の匂いと類似している）

汚れた子は私を見て「きゃあ！」と、アメジストのような紫色の目を輝かせ歓声を上げた。フェンリルが二匹現れたので喜んでいるらしい。無邪気さが残っていてよかったと思う。

酷い扱いをされていたのは一目瞭然だったから。

「アリア様！　アリア様ですね？　エゼキエル様がいきなりお邸から飛び出したので慌てて追いかけましたが……なるほど！　お嬢様を無事に見つけることができてようございました！」

エゼキエル様は大儀そうに首肯される。

「しかし、かなり汚れているご様子。すぐにお邸に戻りましょう」

そうして、ようやくアリア様を探し出すことができたエゼキエル様と共に国へ戻る。

……………しかし。

「もう一度」

「『パパ』」

「もう一度！」

「……『パパ』」

「もっともっと！」

「『パパ』」

レスヴァ連合国を囲む山脈に着くまで私は、ひたすらアリア様の「『パパ』」を聞き続けなくてはならなかった。

嬉しいのはわかる。そして、親子の対面をもっとじっくりと果たしたかったのもわかる。

「アリアーーーー！　嬉しいぞ！　もっと呼んでくれ！『パパ』と！」

エゼキエル様が叫ぶ。

目尻は垂れ下がるまで垂れ下がり、顔はだらしなく崩しながら。

(ずっとお捜しだったのだから仕方がないが……こういう顔もできるのか)

私は先触れのためにエゼキエル様から離れるまで、ひたすら「『パパ』」と「もっと」を聞き続けていた。

新しいエゼキエル様のお顔を見られてよかったと言うべきか……。

いや、それでも私はエゼキエル様に忠誠を誓っている。

どんなお顔であろうとどんな姿であろうと、それが目尻が下がり、口元もだらしなくなってピンクのオーラを出していようと、エゼキエル様には変わりない。

私はエゼキエル様の忠実な側近である。

◇　◇　◇

フワフワ。
あったかーい。
いつもの湿った藁の上じゃない。冷たい風で体がこごえることもない。
頰に当たるのは、温かくて弾力のある誰かの胸。何度か額に落ちる感触はキスだ。
鼻が利くからわかる。パパだ。
「パパ……」そう呟くと、「ここにいるよ」と囁いてくれる。
ああ、夢じゃないんだと、にんまり笑ってしまう。そしてまた深い眠りに落ちる。
ママはどうしたの？　早く聞きたい。でも、今はこうしていたい。
だってこういうの、憧れていた。前世の加藤葉月の頃から。
幼い頃、葉月を甘えさせてくれる親はいなかった。それは転生してからも同じで、とても哀しかった。

けれど、違う。葉月はアリアになって願いを叶えることができた。

嬉しい。これが『安心』なんだ。

幼い葉月が昇華されていく、そんな気がした。

「んー」

ようやく起きたアリアは、ベッドの上で思いっきり伸びをする。勿論、俯せで手足を使ってだ。

目を擦りながらボンヤリと辺りを見渡して、耳と尻尾が逆立つほど驚き、慌てる。

(寝坊した！　畑仕事とお水くみに行かなくちゃ！)

習慣というのは恐ろしいもの。アリアは急いでベッドから飛び降りて、はた、と気づいた。

寝ていた場所はフワフワ温かなベッドの上。そして自分の格好は可愛いふりふりネグリジェ。髪の毛を触れば手ぐしが通りサラサラの艶々。

後ろを向いて尻尾をフリフリさせれば、フワフワと揺れる銀色に輝く毛。

「そうだ……パパがむかえにきて。ここはパパのお家だ」

今日からは朝早く起きて働かなくていいんだ。

あの雇い主の人間に叩かれたり蹴られたりされないんだ。

ジワリ、と涙が溢れてくる。自分は自由の身になったんだとようやく実感したのだ。

「おはようございます。アリア様……？　どうかされました？」

昨夜に続いて兎頭がやってきたが、アリアが泣いてるのを見て、ハンカチで拭ってくれる。

「お、おきたら、パパがいなかったから……」

自由の身になった喜びに浸っていたなんてより、パパがいなくて泣いているほうが子供らしい。思わず気遣いをしてしまう。

「エゼキエル様は、お仕事で先に起きたのですよ。もう、お昼ですからね」

ほら、と兎頭はカーテンを開けてくれる。陽は高く昇り、部屋中を明るくしてくれる。

「アリア様は、いままでたいへんなお暮らしをしていらっしゃったから、起きるまで寝させておくようにとエゼキエル様からお達しがあったんです」

お顔を洗ってお支度を、と兎頭はチャキチャキ動く。

アリアは兎頭のなすがままにされ、ネグリジェからワンピースに着替える。

ワンピースは膝丈で水色。大きな白い襟と花の形のボタンが可愛らしい。靴もワンピースの色にあわせたお洒落なもの。

（前世でも着たことないのばっかり）

ふんわりフリフリ。お姫様の服ってこんなの？　とクルクルとまわり軽やかに揺れるフリルにうっとり。

満足するまでやって、そうだとアリアは口を開いた。

「お名前、おしえて、です」

「わたしの？　ですか」

こくん、とアリアは頷く。兎頭は嬉しそうに答えた。

「メメ、と申します。兎族の中では『タマウサギ』と呼ばれている種族なんです」

「メメさん、これからよろしく、です」

ペコリと頭を下げる。

「まあ」とメメは大げさに驚くと、

「アリア様はこのレスヴァ連合国の大統領であるエゼキエル様の娘です。いわゆる『ファーストレディ』なのですから、使用人の私に頭を下げなくてもいいんですよ」

と言いながら髪の毛を梳かしてくれる。

「『ふぁーすとれでぃ』……大とうりょうの、むすめ……？」

前世の記憶が、ババババババッと走馬灯（そうまとう）のように出てきた。

（だ、大統領？　大統領って、ええっ？　パパはこの国で一番偉い魔物!?）

そして自分は大統領の娘だから『ファーストレディ』と呼ばれて……？

「だ、大とうりょうって、い、一ばん、えらい……？」

「さようです。アリア様とお会いして賢いと思いましたが、少しの言葉ですぐにご理解いただけるなんて、なんて素晴らしいんでしょう！」

（それは前世の記憶があってのことで……）

ああ、でも、自分。

（ファーストレディって柄じゃないんじゃ……）

グルグルグル。

加藤葉月の記憶とアリアの今までの人生が、頭の中で渦となって回っている。

「どうしよう……。あたい、『ふぁーすとれでぃ』って、むりぃ」

「そんなに怖がるようなものではありませんよ。アリア様はエゼキエル様の娘なのですから、堂々としていらっしゃればいいんです」

「でも……」

「そうですねぇ、でもファーストレディに相応しい礼儀作法を学ばなければなりませんね。昨夜のお食事のご様子では、エゼキエル様が笑われてしまいます」

「……ぁい」

きついが本当のことを言われて、アリアは萎縮してしまう。

「それとお言葉遣いも……申し訳ありませんが、レスヴァでも自分のことを『あたい』と言うのはそうそういません。まあ、人間の国にならいそうですね、貧困層とかに」

「アリア様は今まで奴隷として扱われていたので、躾(しつけ)ができていないのは当たり前ですが」

「……」

メメの言葉がアリアの心にグサグサ刺さる。

前世でも決していい生まれではなく、むしろ慎ましく生きてきた。それゆえ『貧乏くさい』とか言われた。きっと外見や仕草にでていたのだろう。

今世でもそういうわけにはいかない。だってパパはレスヴァ連合国で一番偉い人だ。パパに迷惑をかけちゃいけない。

(ふぁーすとれでぃらしくしないと)

でも、どうしたらいいんだろう、わからない。

悶々(もんもん)としながらアリアは、メメが髪の毛を結い終わるのを大人しく待つ。

コンコン、と扉を叩く音がして、「はい」とメメが答えると、猫頭が入ってきた。

アリアの横につくと、

「アリア様にご面会をと」

と伝えてくる。

「めん会?」

「はい。既にエゼキエル様から許可を取っているそうです。アリア様と同じ種族『フェンリル』のエルローズ様とおっしゃるお方です」

――同じフェンリル！

昨夜会った、エゼキエルについてきたフェンリルと違う仲間だ。

会いたい。

「うん、会う。会いたい」

アリアはそう猫顔に言った。そうだ、猫顔の獣人の名前もあとで聞かなくちゃ、と思いながら。

◇◇◇

「エルローズと申します。アリア様と同じ狼族『フェンリル』の一族です」

ドレスの裾を摘まみ、腰を下ろした挨拶をしてきた女性を見てアリアは「ほわー」と声を上げた。

白銀の長い髪は腰まで届き、艶々。尻尾もふんわりしていて触り心地がよさそうだ。

何よりその容姿――父エゼキエルも絶世の美男子だと思ったが、エルローズも負けていない。目鼻立ちが整いすぎる。完璧な美女というのはこういうことか。

揺れる尻尾と綺麗に形作るケモミミを隠して人間社会に出れば、あっという間に男たちを従えた女王様になりそうだ。

粒ぞろいの男たちを従えて『ホホホホホ』と高笑いをし、美少年に扇で扇いでもらいながら横たわり、葡萄を摘まんでいるエルローズの姿を妄想してしまう。

もっとマシな妄想をしたかったが、前世で逆ハーレムの小説とか漫画をたくさん立ち読みしたせいで、そんなイメージしか湧いてこない。

（想像力が貧困……）

メメに言われたことがまだボディに効いてて、『貧困』でダメージが上乗せされる。

とにかく挨拶だけはしないと。エゼキエルに恥をかかせてはいけない。

「ア、アリアです」

前世の九十度腰を曲げる挨拶をする。

エルローズはアリアの挨拶を見て、ちょっと驚いたように「ふふ」と笑った。

アリアはその笑顔にクラリと体を揺らしたので、エルローズとメメはビックリして、体を支えてくれた。

「どうしました？　ワンピースの紐がきついですか？」

「ち、ちがう……のうさつ、された……」

「悩殺……難しい言葉をご存じですのね、アリア様は」

エルローズはますます驚いたのか、青色の瞳を大きく見開く。それを見てアリアは、

「ああ……だめ。び人がおどろいたら、ますますキュンキュンするうっ」

と身悶(みもだ)える。

どうやら加藤葉月は『美男美女』にとことん弱いらしい。前世に引っ張られる。

「とりあえず、落ち着いたらお話をしましょう。お茶の用意を」

エルローズはメメに命じて、中庭に移動した。白いガゼボがあり、まるでリビングがそのまま移動したような豪華さだ。正方形の屋根に四つの柱。柱にはレースのカーテンがかけられて布張りのソファーに籐(とう)のテーブル。

ガゼボ周辺は綺麗に刈り取られた芝が青々と広がっており、目の保養になるような美しい花々が咲き乱れている。

クッションの利いたソファーは、小さくて軽いアリアが座ると安定しなくてポンポンと体が揺れる。

メメが気を利かせて、お子様用の椅子を持ってきてくれた。

アリアはまだ慣れておらず、キョロキョロしっぱなしだ。

ようやくメメがお茶と軽食を持ってきてくれて、お茶会が始まった。

飲み物はエルローズにはフルーティな香りがする紅茶。アリア用にホットミルク。

「軽食」として出されたものは――骨付きチキンにハムの薄切り、肉団子。種族を感じた。

そしてカットされた果物。

（……肉が軽食。肉って軽食なんだ……ううん、フェンリルにとって肉は軽食ってことかな？）

雑食だった気がするけど、それは前世の漫画や小説で身に付けた知識だ。書いた作家によって違う設定なのだから、それが全てだと思ってはいけないとアリアは思い直す。

何せアリアのお腹がキュルキュルキュルと鳴り続け、いい匂いを漂わせるチキンに目が釘付けなのだ。

夜食は食べたがもう昼過ぎ。今まで碌々食べさせてもらえなかった胃は、昨夜のミルク粥に味をしめたのか「もっと食べたい」と訴えてくる。

とうとう「キュルル〜」と、大きな音がなってしまった。

「うう……おなかが、ごはんをもとめてる」

恥ずかしいが自分は五歳！　と何度も念じる。

「そうね、いただきましょう。今日は好きなように食べていいわ」

エルローズはそういうと、アリアに肉を取り分けてくれる。

「ありがとう」

「お礼を言えるのね。いいことだわ」

目の前に置かれた皿の上には骨付きチキンとハム、肉団子。

（ええと、フォークとかあるのかな？　このまま手づかみ？）

脇に子供用のナイフとフォークを発見し、アリアは決死の表情で持つ。

ほぼ外食しなかった前世。外食慣れしていればファミリーレストランなどで、ナイフとフォークを使う機会などいくらでもあっただろうが、葉月は数えるくらいしかない。しかも使い慣れなくて途中で箸に変えたいくらいだ。

それでもアリアは前世を思い出して、ナイフとフォークを持つ。

自分は『ファーストレディ』だ。

（いざっ！）

父に恥をかかせたくないという思いを胸に、チキンにフォークを刺す。

しかし慣れていない五歳の手は、あまりにも無情であった。刺した場所が悪かったのか、それとも端を狙いすぎたのか、ツルンと皿から滑っていく。

「――ぁあっ！」

アリアは咄嗟にナイフでチキンを刺そうとしたが、これも失敗。まるで生き生きと空を飛ぶ鳥の頃を偲ぶようにチキンは宙を飛んだ。

しかし、このままだとガゼボの天井に当たったチキンが無様に地に落ちるだけだ。

空に帰れない。憐れチキン。

あっと口を開けて呆然と見上げているアリア。

だが、そんなアリアをさらに驚かせる光景が視界に入った。

対面に座っていたエルローズが立ち上がったと思ったら、フワリと体を浮かせた。

――いや、ジャンプしたのだ。

ドレスの裾が跳ねて中が見えないよう片手で押さえ、もう片手は空の皿を持っている。

天井に当たり勢いをつけて落ちてきたチキンを皿で受け止める。反動を軽減するように皿を動かしながら優雅に着地した。

（なんて凄い……！　慌てる様子なんて微塵も見せずに、美しい所作を崩さないままに見事にチキンを救出するなんて！）

アリアは興奮して拍手を繰り返す。

「エルローズ、かれい！　ちょーかれい！　ちょうちょみたい！」

「まあ……ありがとうございます、アリア様」

こんなに喝采を受けるとは思わなかったのだろう、エルローズはほんのりと頬を染めて腰を落とす。

片手にチキンの皿を持ちながらでありながらも、エルローズの姿がキラキラと輝いて見える。感動しかないアリアだ。

天井についてしまったチキンだからと、メメに他のチキンを持ってきてもらうよう命じて、エルローズは優雅に座った。

(動揺もしない、何事もなかったように落ち着いてる！　そうか、ファーストレディはこうじゃなくちゃ駄目なんだ)

エルローズは小さく咳払いをして、感心しているアリアに告げた。

「アリア様。申し遅れましたが、わたくしエゼキエル様の命で本日からアリア様の『教育係』になりました」

「『きょういくがかり』……えと、どういった？」

「『どういった』？　と申しますと？」

「えと……『おべんきょう』とか『マナー』とか……それから『けん』とか『ぶじゅつ』とか……」

前世の記憶を辿ってあげられるのは、それくらいだ。

エルローズは目をしばたたかせ、それから口を開く。

「わたくしがエゼキエル様から頼まれたのは『マナー』ですね。それと『フェンリル族』の誇りと申しましょうか。それを少々。いずれ他の先生がきてしっかりと学ぶことになりましょうけど、基礎的なことを教えます」

「エルローズ、先生……」

「わたくしのことは『先生』または『エルローズ様』と呼ぶように。よろしいですね？」

(そうか、フェンリルとしても魔獣としても自分は躾も何もなってないんだ)

そうだよね、ずっと奴隷としてただ働かされて生きてきただけだから。

「せんせい、わたし、がんばる！　パパのむすめとして立っぱな『ふぁーすとれでぃ』になる！　だから、えと、お、おねがいします！」

「こちらこそ、アリア様。ちょっと厳しいかもしれませんが、頑張りましょう」

「はい！　アリア、先生のような立っぱなフェンリルになるの、がんばります！」

アリアの決意表明にエルローズはニコリと笑う。

その笑みがどこか怖い。アリアは息を呑んだ。

（やる気だ、彼女は滅茶苦茶やる気だ）

自分以上に。

アリアは背筋がゾクゾクした。おののいてる。

エルローズのやる気に気圧（けお）されたんだ。証拠に自分の尻尾が下に垂れている。

さっそくテーブルマナーでビシビシやられたアリアであった。

第四章　フェンリルの姿になれないのは母の血が濃いかららしい

「お、おかえりなさい……パパ」

陽が傾き、山の陰に隠れてしばらく経った頃――エゼキエルが仕事から帰ってきた。

高い山脈に囲まれたレスヴァ連合国は陽が昇るのは遅く、沈むのが早い。

一日の最高日照時間が、五時間ほどだという。

暗闇での活動のほうが活発になる魔物たちにとってはその条件も好都合で、人間社会に紛れて生活していた魔物たちも移住してきているという。

魔物同士で生活したほうが気兼ねないよね、とエルローズから聞いた話に納得するアリアだ。

エルローズはマナーだけでなく、レスヴァ連合国の触りだけ教えてくれた。本格的な勉強は、他の講師が教えてくれるとのこと。

けれど、もうアリアはクタクタだ。

マナーも人間と大して変わらないので、前世の葉月が見聞きしたこととそう変わりはなかった。

それでも、今まで働かされるだけの五歳児には苦行だったし、前世の記憶があってもあるだけで、マナーなんて教えてもらってないので何の役にもたたない。

肉団子をナイフとフォークで二つに切ることから始まって、音を立てず優雅な所作でできるまで、何回もやり直しさせられた。

(肉団子なんて、ポイッて口にまるごと入れちゃえば済むほどの大きさなのに)

という不満が顔に出ていたのか、エルローズは薄く笑みを作りながらも低い声音で「やり直しです」と告げる。

(こ、怖い〜!!)

エルローズの圧が怖い。下がって様子を見ているメメまで涙目でぶるってる。

ここは大人しく言うことを聞いたほうがいい、一生懸命にナイフ捌(さば)きを覚えよう。そして一刻も早くこの圧から逃れよう。

アリアは神経を集中させ、ナイフとフォークで肉団子を美しく二等分にしたのだった。

それから何を食べたのか覚えていない。

すっかり空(から)になった皿を見るに自分のお腹に収まったようだが、食べた気なんてしない。

最後に挨拶を教わったが、エルローズには不満な出来だったようだ。

ついでに言葉遣いも。「あたい」を「わたし」といえるよう、注意を受ける。

「また今度やりましょう」と、おさらいするように宿題まで出された。

宿題という懐かしい響きに遠い目をしていたら、ちょうどエゼキエルが帰ってきたと言うわけだった。

「ただいま、アリア……なんか疲れていないか？」

抱き上げ、自分の髪を撫でるエゼキエルの大きな手にホッとする。

「マナー、学んだ。……つかれた」

「エルローズ先生は厳しかったか。完璧主義だからなぁ、エルローズは」

「そんなことありませんっ。アリア様の筋がよかったので、つい力が入ってしまって……ごめんなさい、アリア様。今日は自由にお茶して仲良くなりたかったのに」

シュン、と頭と一緒に耳と尻尾を垂らして落ち込むエルローズにアリアはブンブン、と思いっきり首を横に振った。

「大じょうぶ！　それにすじがいいってほんと？」

「ええ、ナイフとフォークの持ち方も一度で覚えましたし。それにアリア様の一番素晴らしいところは、覚えようとする一生懸命な姿勢です。……それでわたくしったら、ついつい……お嫌いになったかしら？」

「ならない」

アリアがキッパリ言い切ったことにエルローズは安心したのか微かに笑みを作り、胸に手を当てて息を吐いた。

思わず彼女の豊かな胸に目がいってしまう。

前世は残念なバストサイズだったせいだろうか？　現在、五歳の自分の胸は当たり前だが扁平だ。

（私も成長したらエルローズみたいに大きくなるかな？　フェンリルにも個体差があるみたいだけど）

むん、とエゼキエルに抱っこされながら胸を張るアリアにエルローズは、

「今度のマナー講習こそ、無礼講のお茶会にしましょう」

と笑顔で話す。

「そうしよう、そうしよう」

「いいな、私も参加させてもらってもいいかな？」

エゼキエルが言うと、エルローズの顔がパアッと華やいだ。

「勿論です！　その日はわたくし早めに来て準備いたしますわ！　アリア様もよろしいですよね？」

絶対に「ＮＯ」なんて言わせない迫力を乗せて言うものだから、アリアも頷くしかない。

もともと反対なんてしないけど。

（エルローズさん、やっぱりパパにホの字だよね）

娘としてはちょっぴり、いや、なかなか複雑だ。

といっても、「パパ」だと言って迎えにきてくれてまだ一日も経っていない。匂いから自分と血が繋がっていて、親だとわかる程度で、まだ子としてエゼキエルに馴染めていない。

これから父親と仲良くなっていくうちに、近づいてくる女性たちを目の敵にする日がくるのだろうか？

うーん、と想像しようとしてもできない。

（仕方ないか、前世でも親と縁薄いし。それにいたとしてもここまで美形な父親とは思えないしね）

前世は前世。割り切って次の疑問に目を向けなくては。

――そう！　はぐらかされたり、タイミングが悪かったりで聞きだせていない母親のこと！

決意して、アリアはそのタイミングを窺う。

だが、夕食時もエルローズがいたのでそれは無理だった。

じゃあ、寝るときは？

（よし！　パパと一緒に寝るときに聞こう！）

そう心の中で決めていたとき、エルローズが徐(おもむろ)にアリアに言ってきた。

「アリア様。お茶会もいいですけれど、野駆けもしましょう。よい草原があるの。ちょっと離れているけれど、フェンリルの姿になればすぐに着くわ」

エルローズの誘いにアリアは躊躇う。というのも――。

「フェンリルのすがた……なれるかな……」

「なったこと、ありませんか？」

エルローズの問いにアリアは頷く。

「アリアはずっと『魔力封じの首輪』を付けられていた。その機会を失っていたからな」

そうだった、とエルローズは失言に口を押さえる。

「ご飯のあとにやってみる、フェンリルに変身。だからやりかた教えて、パパ」

「勿論だとも！」

張り切って返事をしたあと、エゼキエルは「くっ」と歯を食いしばり目頭を押さえる。

「なんて健気な娘に育って……。あんな環境でも捻(ひね)くれずに……ぅう」

昨晩出会ってから父は何回泣いてるのだろう。まさかこんなに泣くとは思っていなかったから数えていない。数えておくべきだったとアリアは思った。

食後、広間に移動して早速エゼキエルから指導を受ける。

「まず、自分の中の『魔力の流れ』を確認してごらん」

「『ま力』……って体の中にながれてんの？」

　抽象的すぎてアリアはわからない。

「そうだな……首輪を外したとき、何をしたか覚えているかい？　あれはアリアの中の魔力が首、もしくは首輪に集中して壊したのだとパパは推測してる」

「ええと……ないた」

「泣いた？」

　エゼキエルの問いに、うん、とアリアは頷く。

「あたい……じゃなかった、わたしを『ようじしゅみ』のおじさんに売ろうという話を聞いて、かなしくなってないたの」

「……あのクソが！　今から血祭りに上げてくる！」

　エゼキエルが全身に怒りを滾らせ、窓から外へ出ようとするのを「落ち着いてください」と、エルローズ含む他の使用人が引き止める。

「パパがし返ししてくれたからもういい。それにパパが、たすけにきてくれた。それが一番うれしい、しあわせ」

　普通に玄関から出ればいいのにと思いながらアリアも引き止めて、エゼキエルはようやく窓の桟から足を下ろした。

アリアにとって今は、フェンリルの姿をとれるかどうかのほうが大事だ。

「それより、ないて首わがこわれた。それって、ま力のせい？」

「そうだろう。泣いたことで今まで押さえられた魔力が、一気に膨れ上がったのだろうな。……そのとき、喉とか熱くはなかったか？」

エゼキエルに問われ、アリアは必死に記憶を辿る。

これからは性道具として扱われるという理不尽さに、抗えない身の上の哀しみがこみ上げてきて、喉に引っかかった。いつもはそこで呑み込んでやり過ごそうとするが、熱くて我慢できず、声を上げて泣いた。

「……あつかった！　あつかった！　だから、がまんできなくて声だしてないた！」

「それまでずっと泣くのを我慢していたのか……可哀想に……やはり、切り刻んで獣の餌か、魚の餌に――」

「それはもういい、今はこっち」

「はい」

脱線してなかなか進まない。アリアは強めに父に告げる。とにかくフェンリルの姿になりたいのだ。そのためにはコツを伝授してもらわないと、どうにもならない。

父をなだめながらコツを聞く。

「アリアが経験した熱さはおそらく魔力だろう。感情で出たのだろうが、今度は自分の意思で出して操作しないといけない。……そうだな、わかりやすいように自分の胸に手を当てて、そこに魔力が集まるようにと念じてごらん」

アリアは胸に両手をあてて目を瞑る。そのほうが集中できそうだ。何せアリアの前にはエゼキエルにエルローズ、メメの他、使用人が数人見守っているのだから非常にやりづらい。

（魔力……喉に集まってきた魔力、ここに集まってきて！）

――するとグニュグニュした奇妙な感覚が、体のあちこちから生まれてくる。

これかな？　とアリアは一生懸命「胸に集まれ」と念じる――が、少ししか集まらず、熱くもならない。

「うーん、うーん」と眉間に皺を寄せて頑張ってみても、それ以上集まることはなかった。

「……だめ。つかれた……」

へばったアリアに皆、息を吐く。

「ううむ……魔力をもっているのは確かなのだが……量が少ないな。ママの血の方が濃いのかもしれん」

「ママの『ち』？」

エゼキエルの言葉にアリアは飛びつく。ピョンとジャンプして父の胸に文字通り飛び込んでいった。

「ママ！　ママのこと、おしえて！　ちっともママに会えない！　どうして？　ママがいるから、アリアがうまれたんでしょ？」

一瞬にして周囲の空気が沈む。

ママのことは禁句だったのかもしれない。

（でも！　黙ってたりはぐらかされたりしてたら、いつまで経っても自分の出生がわからないじゃん！）

「アリア。それはアリアが、もう少し大きくなってから言おうと思ってるから」

「やだ！　今がいい！　パパとママがなかよしじゃなくなって、りこんしてたって、どっちがうわきして別れたって……………もう、いなくて二どと会えなくても、ちゃんとママのこと知りたい」

エゼキエルは目をまたたいたあと、目を細め、口角を下げてアリアを見つめる。

きゅう、とアリアの小さな体を抱き締めた。

「そうだね、ちゃんと知りたいよね。わかった、話そう」

そう言ってエゼキエルは、アリアを抱っこしたまま寝室へ連れて行く。

ベッドの端に座らされて、エゼキエルはすぐ横に腰を下ろした。

ポスン、と大きな手がアリアの頭を撫でる。人を模した手だけど、どうしてかフェンリルのあのモフモフした手を連想してしまって、ついついにやけてしまう。

「パパの手、あったかいね。人の手なのにモフモフってするの」

「アリアは相手の本質とか正体がわかるんだね。……ママ似かな」

「ママは、フェンリルじゃないの？」

「ああ」

エゼキエルが簡潔に返事をして、ああそうなんだ、アリアは納得する。

「わたしが、フェンリルになれないのはママのしゅぞくの『ち』がこいから？　ママはどこの種族？」

コクン、とエゼキエルが喉を鳴らす音が聞こえた。微かな音だけど、ケモノの耳はしっかりと音を拾う。それと、父の緊張も感じ取った。

「パパ」と、アリアは腕の服を引っ張る。傷つかないから早く教えてと意思を込めて急かした。

「アリアはね、人の……人間の血を半分引いてるんだよ。それもただの人間じゃない『聖女』の血を引いてるんだ」

――はい？

ポカンとなってしまう。口を大きく開いたまま、いや、目も大きく開いた。そのままアリアは固まってエゼキエルを見上げる。

「アリア、平気か?」

エゼキエルがオロオロしながら水差しからグラスに水を注いで、飲ませてくれる。

ありがたく飲み干した。一瞬でも気を紛らわせて自分を取り戻したほうがいい。

「少ないじょうほうりょうなのに、内ようがしょうげき……! ちょっと、どうようした。

でも、もうへいき。つづき、どうぞ」

「一度に言うとパパは、アリアの心が心配だ。今夜はこのくらいにしたほうが」

「へいき! と言ったでしょ! ちゅうとはんぱ、よくない!」

「はい」

アリアの迫力にエゼキエルは負けた。ポツポツと言葉を選びながら話し始めた。


このレスヴァ連合国を攻めようとやってきた、ある王国の軍隊がいた。

この国の中に入ろうとしたけど、切り立った山々を越えなくてはならない。崖のような山を越えられるような軍隊ではなかったので、すぐに諦めて帰って行った。

——しかし、このまま帰ると矜持が傷つくのかしらんが、憂さ晴らしに周辺の森に潜んでいた魔物を襲いだしたのだ。

当然、私は国から出て奴らを倒していった。

恐怖におののいた軍の総大将が「詫び」とか「貢ぎ物」とか色々な理由をつけて差し出してきたのが『聖女』であったアリアのママだったのだ。

「さっそく、アリアのママとけっこんしたの？」

「そんなに手は早くないぞ、パパは。これでも恋愛に関しては慎重派だ」

アリアの問いにエゼキエルは眉間に皺を寄せつつ、話を続けてくれた。

アリアのママはローラという名前で、攻めてきた国の王の娘だという。けれど、娘として認めてもらってはいないと聞いた。母は王妃の侍女で、ううん、ようするに、国王の浮気で生まれたという。

数年、城から離れて厳しい境遇の中で暮らしていたのだがやがて『聖女』としての力に目覚めて、城に召し抱えることになったそうだ。

『今回、軍隊に参加しろと父である国王の命に従ってきました。おそらくこうなるのを予測して私を人質、もしくは生贄にするつもりで連れてきたのでしょう』と、哀しげに目を伏せたローラが憐れだった。

「なるほど。王さまは、もともとママを体よくすてるつもりだったんだ。きっとママがそのまま国にいたら、こまるなにかがあったんだ。それでせめる気もないのにレスヴァまできて、ここぞとばかりにママをパパにさし出したんだ」

「……アリアは賢いと思ってたけど、冷静な部分あるね。何度かパパを冷たく止めたし」

――ぎくっ。

(前世の大人だった記憶があるのを悟られたら、やっぱりまずいよね)

「い、今まで大人みたいにはたらいてたから、わかる」

「そうか……それほどに厳しい環境だったんだな……」

やはり、あとで細切れにして海に流してこよう、と呟かれてアリアはちょっとゾッとする。

やられても仕方がない所業をしてきた飼い主だ。あの性悪具合だと他に敵を作っていて、既に土の中かもしれないけれど。

そこはスルーしよう、とアリア。見ざる聞かざる言わざるを徹底することにした。

「それよりパパは、いつママのこと、すきになったの?」

話題を逸らすのに限る。

「うーん」とエゼキエルは恥ずかしそうに歯を見せて口角を上げる。こうした表情は人と変わらない。

『帰る場所があるならそこへ帰っていいし、行きたい場所があるならそこへ行けばいい。君は自由だ』と言ったら、しばらくレスヴァに滞在して、それからどうするか決めたいと言うので我が国にいれた。

ローラは『聖女』という能力を持っていたお陰なのか、それとも気質なのか、すぐに馴染んだ。

まあ、私が住んでいるこの大統領地区は乱暴を働くような魔物はいないから。彼女も『今までの中で一番治安がよくて住みやすい』と言っていた。

そのうち、彼女は家を借りて「治癒院」みたいなことを始めた。その頃にはもう、この国に住むつもりでいたようだ。

その頃くらいか、私とローラの距離が縮まったのは。

「それで、それで？　パパはなんて言ってママにプロポーズしたの？　そのときは人間のすがたでしたの？」

ワクワクとアリアはエゼキエルに詰め寄る。

「まいったなぁ、もう娘にプロポーズの言葉を聞かれるとは思わなかったぞ。おませさんだな、アリアは」

鼻を人差し指で突かれてアリアは「へへ」と緩く笑った。

「そいでそいで？　おしえて、パパ。どうやってママをくどいたの？」

「……アリア、ちょーっと口悪いぞ」

「エルローズ先生からならってりっぱな『しゅくじょ』になるよてい！　だから、いまはいいの」

やれやれ、と肩を竦めつつエゼキエルは、ちょっとの間躊躇っていたが、ゆっくりと思いおこしながら言ってくれた。

「『フェンリル王の嫁になる気はないか？』……だったかな」

「気のきいたことば、なしの、ちょっきゅうプロポーズ」

「アリア、あのねえ……。それでも、フェンリル族特有のプロポーズの遠吠えはしたんだぞ」

「人のすがたで？」

「さすがにフェンリルの姿だよ」

「じゃあ、プロポーズはもとの、フェンリルで？」

「そうだよ」

「……ママ、すごい。よくプロポーズうけた」

「『今まであった誰よりも誠実で裏のない方だから』と受けてくれたのだ。……ママは人の社会で苦労してきたんだろう」

「じゃあ、パパに出あえてよかったね！」

「そうだな」

アリアを見つめるエゼキエルの目が細くなり、柔らかな光を宿す。頭を撫でる手がより一層甘くなった気がする。

「こうしてアリアを生んでくれた」

「あっ……」

父と母が愛し合って結婚して、そして自分が生まれたことはわかった。なのに、どうしてママやパパと離ればなれになっていたんだろう？

（もしかしたら、ママがいない理由と関係してる？）

「パパ、どうしてわたしはずっと、パパとはなればなれになってたの？」

アリアの頭を撫でるエゼキエルの手が一旦止まり、また撫でる。今度は哀しみの気が籠もっていてアリアも哀しくなった。

これからエゼキエルが話すことはきっと、哀しくて彼も辛い出来事なのだ。

アリアはもう片方の父の手を引き寄せると、両手でぎゅうっと握る。

「わたし、大じょうぶ。でもパパが、はなすのつらいなら、いい」

「アリア……。アリアだって今まで辛い思いをしてきたのに……相手を思いやれるんだね。とてもいい子だ。ローラの、ママの血を引いてるな」

エゼキエルの手が離れ、今度はアリアを引き寄せ膝に乗せて抱っこする。

「人の姿をとると、こういう風に子供を抱き寄せることができる。これは二足歩行する者の特権だなと思う。……ローラもこうやってアリアを抱っこしたかったろうに」

「パパ……」

エゼキエルの声が沈む。哀しみがより一層アリアに流れてきて、自分も哀しくなってくる。

「アリアだってどうしてパパやママと離ればなれになってしまったのか、疑問だろう? ちゃんと話すよ」

エゼキエルは一呼吸置くと、ゆっくりと話し始めた。


結婚してまもなく、ママは妊娠したんだ。異種族間だから子供はなかなか望めないだろうと思っていただけに、喜びはひとしおだった。ママも泣きながら喜んでいて、勿論パパだってレスヴァのあちこちの州に駆けずり回って、喜びの雄叫びを上げたくらいだった。

それから平和で幸せな妊娠生活を送って、安定期に入った頃にママは『母に結婚と妊娠の報告をしたい』とパパに相談してきたんだ。

『きっと私は魔獣に食べられて死んだものと思われている。せめて母だけには自分は無事で幸せに暮らしてると知ってほしい』と。

パパは快諾した。ママのママが住んでいるところまで送っていって、挨拶して。数日お世話になって帰るつもりだったんだが、ママのママが『一緒に国につれていってくれ』と頼んできた。ママの今の生活を聞いて安心したと同時に、自分も行きたくなったんだと。

確かにママのママの生活は、決して楽じゃなかったみたいだった。聖女として国に仕えていたママからの仕送りもなくなって、生贄としての功績の金もはした金だったらしく心許なくなっていて。

パパもママも大歓迎だった。

『お世話になった方たちにお礼を言ってから出発する』と決まって、パパは先に戻ってママのママが使う部屋を用意させた。

それから約束の日になって迎えに行ったんだ。

そうしたら――ママのママが住んでいた村は、焼け野原になっていた。

驚いたパパは、生き残っている村人を探し出して何が起きたのか尋ねた。

そうしたら、とんでもない内容が返ってきた。

『死んだはずの聖女がフェンリルを率(ひき)いて彷徨(さまよ)っている』と国に報告があったそうだ。あっという間に国軍がやってきて、一方的に攻撃をしてママとママのママを捕まえて連れて行ってしまったと。

パパはすぐに国の中枢に向かって国王に異議を申し立てた。まあ、脅しともいうけどな。しかし全てが遅かった。

捕まってすぐにママのママは『魔獣を村に入れて村人を殺した』と無実の罪を着せられて絞首刑にされていた。

ママは『聖女でありながら魔獣に魅入られた罪深い女』として監禁され、そこで産気づいて子供を産んで亡くなったと。

子供はどうした？　と尋ねたら『罪深い赤子などその辺に放り投げた』というじゃないか。

――あれほど怒りに体が熱くなったことはない。

王城をぶち壊し、王族をあの世に送ってやった。

自分たちの都合のいいように命を弄ぶなんて、王の道どころか理に反する。

自分が命を弄ばれる恐ろしさを思い知るがいい、と。


アリアを抱き締める腕に力が籠もる。痛かったけど、けど、きっと父の心の方がもっと痛い。

キリキリキリキリとエゼキエルの方から、哀しみと怒りと後悔の、ごちゃ混ぜた気がアリアの背中を刺してくる。

「パパが悪い……。パパが先に帰らないでずっと一緒にいれば今頃アリアは、生まれた時からずっとここにいて、ママもいて、ママのママもいて、笑って暮らしていた」

「パパ」

アリアは思いっきり振り向いてエゼキエルの膝の上に立ち、彼の首に腕を回し、ぎゅう、と抱き締めた。五歳児の力だから思いっきり抱き締めても痛くないはずだし。

「パパはわるくない。パパはがんばった。ママとママのママのかたきだってうった。きっと、村のだれかが、みっこくした。それか、じょうちゅうしてた、へいしだ」

「密告とか常駐とか……難しい言葉よくしってるな」

「それはおいといていい」

「はい」

「それに、アリアのことだってあきらめないで、ずっとさがしてくれた。うれしい。それが一ばん、うれしい……」

「そうか……ママに会えなくて……ごめんな」

「へいき。パパがママの分まで、いっぱいあまやかして、あいしてくれてるもん。わかるもん。たまに、こうしてママのことおしえてくれれば、いい」

「……そうか」

きゅう、とエゼキエルがアリアを抱き締める。

「これからはずっと一緒だ。今まで辛かった分も、ママの分も幸せにするからね」

「うん。パパ」

「ん?」

「大すき。アリアも、ママの分までパパをしあわせにする!」

「……そうか。アリアは強い子だな、優しい子だな。パパは幸せだ」

「アリアも、しあわせ」

アリアもエゼキエルも涙を流していた。

パパも寂しかったんだ。ママもいなくなって、生まれてすぐに抱き締めることのできなかった子供にも会えず。きっと、独りで泣いていたときだってあっただろう。

「こんどからは、かなしかったら、いっしょになこうね」

哀しい話だったけど、ここにママがいないのはとても寂しいけれど、幸せな今を再確認できた。

強くて優しくて、かっこいいパパがいてくれる。


【エゼキエルは幸せを味わう】

すやすやと寝息を立てて寝ている我が子の顔を見ていると、知らず知らず笑顔になる。

きっと赤子の時はもっともっともっともっと可愛かったに違いない。いや、絶対にそうだ。

今だって、可愛くてペロペロ舐め回したい衝動に駆られるのだから。

同時に、ここにローラがいないことが哀しくなる。

今でもあの王のことを考えると胸がざわざわとして、言葉では言い表せないほどの憎悪が湧いてくる。すぐに殺すことはしなかった。いたぶられる気持ちを味わわせないとこっちが満足しない。

（ちょっと爪で皮膚を引っ搔いただけでヒーヒー泣き喚いて……残酷なことをする奴ほど臆病で痛みに弱い）

相手の痛みや苦しみを理解できず、自分の地位は当たり前で何をしても許されると考える支配者は一定数いる。

（そんな奴に統治する資格などない。だから王がいなくなって、国民はホッとしていたじゃないか。兵士だって王族を助けようとすることはなかったし）

最初から人望のない王だったようなので容赦なくできた。

その後に財のある商人たちが商業都市を造り同盟国を作ったらしいが、私にはもう関係のないことだ。

「魔獣が悪しき王を成敗した」とか、伝説になっているらしいが。

「んん……あたいじゃなくて、わたし……ぅううう」

アリアが顔をしかめながら寝ている。寝言から察するに夢の中でもマナーの講習を受けているようだ。

夢に父である私が現れないとはけしからん。少々エルローズに嫉妬してしまう。

「よしよし、よい夢をみなさい。例えばパパと一緒に野山を駆けまわる夢とかな」

アリアの頬をペロペロと舐める。柔らかくて甘い。子供というのはこういうものなのだな、と改めて感動する。

「よく『食べちゃいたい』という表現が使われるが、今ならよく分かるぞ、うん」

感激極まってアリアの頬をペロペロしていたら、寝ぼけたアリアの平手がとんできた。

第五章　パパとショッピング！　だけどショッキング！

その日もエゼキエルと一緒に寝て、朝がきた。

昨日より早く目覚めたアリアは、頬杖をついて隣でグーグー寝ているエゼキエルを揺り起こす。

「パパ、朝だよ！　おしごとは？」

エゼキエルは「うーん」とうつ伏せの格好で伸びをする。この辺は元の姿である魔獣とそう変わりないのだろう。

「おはよう、アリア。今日は早いなー」

「おはよう。ぐっすりねたから」

アリアはそう言いながらベッドから飛び降りて、カーテンに向かって行く。

「きのう、おきたのおそかったから、朝を見てないの。見たい」

「そうか。でも、今の時間だとまだお日様は見えないぞ」

エゼキエルもベッドから出て、アリアを抱き上げると一緒にカーテンを開ける。

急峻な山に囲まれたレスヴァは、日照時間が少ないと聞いていた。

（確かに！）

空は白々として青空が見え始めているが、太陽がお目見えしていない。

しかし高山に囲まれているとはいえ、平野部の面積が広いので崖のような山の陰が国を覆うというのはなさそうで安心する。

「食事の前にお散歩するか？」

「おなか空いたー」

昨日、食べた気がしなかったせいか、起きてすぐにお腹が鳴っていた。

「そうかそうか、じゃあ着替えたらすぐに食べられるよう伝えておこう」

ははは、と快活にエゼキエルが笑う。

「うん。けんこうはとみにまさるだね、パパ」

「えっ？　なんだって？」

突然、「格言」を言い出したアリアに首を傾げたエゼキエルに、アリアは慌てて言い直す。

「元気っておなか空くんだねって、こと」

「そうだな。アリアは本当に難しい言葉を知ってるなぁ……」

「気にしないで。な、なかみは子どもだから」

「それはそうだ」

エゼキエルは笑いながらアリアを子供部屋に連れて行く。

無邪気にエゼキエルに抱っこされているが、アリアは内心ドキドキだ。

（五歳児って難しい……時々、前世の記憶に引っ張られて、ついつい加藤葉月に戻ってしまう、気をつけなくちゃ）

とはいえ、心身は五歳児のアリアだ。記憶があっても今の言葉遣いや態度になる。そこは安心だが、前世に覚えた格言だの四文字熟語などポロッと口から出るのは危険な気がする。

（というか……何気に出てしまうってことは、加藤葉月の頃ってうんちく言うのが好きだった？）

うーん、と思い出した記憶を辿ってもよくわからない。何せいつもお一人様だった。ツッコミを入れてくれる家族や友人がいたら、そこで気づけた癖や口調があっただろうが、それは叶わなかった。

（しかも最後は大病をして、一人寂しく死んだし）

もしかしたら死ぬ間際まで、ブツブツ独り言なんて言って死んだろうか？　と思うと怖くなってアリアはそれ以上、思い出すのは止めにした。

（今はアリアだ。アリアの人生を一生懸命生きよう）

いずれ加藤葉月だった頃の記憶も、アリアの中に溶けてしまうだろう。

◇　◇　◇

「エゼキエル様、申し訳ありません。明日からのアリア様のお洋服がありません」

メメが困ったようにエゼキエルに申告してきた。

「どういうことだ？」

エゼキエルの問いに、メメはチラチラとアリアを見ながら答える。

「急ぎでエゼキエル様の伝手で子供服を二着用立てましたが、その……しばらくはフェンリルのお姿で過ごされるのかと思って、注文をしなかったんです。アリア様がフェンリルのお姿になれないかもしれないという考えに至らなかった私の責任です……」

「では、今アリアが着ている服で終わりということか」

「はい、あの、既製服であればすぐに準備いたしますが……」

（これ、既製服なんだ）

アリアは朝ご飯を食べながら、小花が刺繍されているグリーンのワンピースを摘まむ。

袖と胸に控えめなフリルがついている。尻尾が出るように穴まで計算されたものだ。

前世で読んだ漫画や小説の世界だと、店に行くか、デザイナーに家に来てもらって、デザインや色を決めて自分の体型に合わせた服を注文する描写があった。

ライトノベルのファンタジーは大抵、中世ヨーロッパの貴族の生活を参考にしている作品が多い。それでだろうということと、オーダーメイド＝高級、金持ちだとわかりやすく描写できるからなんだろう思いながら読んでいた記憶が甦る。

（でも、既製服があるならそっちでいいよね？　オーダーメイドよりずっと安いだろうし）

でも、この世界って一度着た服は着ないのかな？　と、アリアは首を傾げつつ、エゼキエルに尋ねた。

「パパ、きのうのワンピースはもうだめ？　明日はそれでいいよ？」

「いや、そんなことはないがアリアや私が着る服は、街の洗濯屋に出してしまうんだ。一日で戻ってこない」

ほーっ、なるほど。クリーニング店があるんだとアリア。

「魔物が洗濯すると、細かい力の加減が上手くいかないのか繊細な生地を傷つけてしまうことがよくあってね。修行を積んで細かい作業が得意になった妖魔たちや、人間がやっている。だから、早くて二、三日。普通で五日くらいかかるんだ。昨日の服はこれから出すのだろうから、急ぎでも明日の午後だな」

――人間!?

アリアは、クリーニングの説明の中に「人間」という言葉が含まれたのを聞き逃さなかった。

「レスヴァに人間、いるの？」

「いるぞ。だいたい冒険者だった者や、人間の町に住むのが嫌になった者とか。……あとはまあ、諸事情があって、この国にやってきた者とかな」

ビックリだ。切り立った山脈に囲まれて普通の人間なんて入れそうもないこの国に、人間なんていないと思っていた。

人間が入れるルートがあるのだろう、けど今はその話は後にして服の話をしようと、アリアはメメを横目にエゼキエルと話を続ける。

メメがこれからどうしたらいいか、苛立ってるように見えたから。見かけは、しおらしくして視線を床に落としているが、魔力で模倣した人の手の指が忙しく動いている。

加藤葉月だった頃、会社で、こういう人に遭遇している。

（でも、感情をむき出しにしないで用件を話すのって社会人だと常識だったし）

陰口は叩かれたけど、嫌がらせをされたことはなかった。そこはちゃんと感情をコントロールしていたんだなぁ、と改めて感心する。

メメもきっと、自分の何かが気に入らないのだろう。でも、我慢しているみたいだしと二日目にして見極めているアリアだ。

「じゃあ、お外に行って、おようふくを買ってくるのは？」

エゼキエルの顔があからさまに輝いた。いや、本当に輝いている。どうやら魔力を放出してしまったらしい。

アリア含め、この場にいる使用人たち全員が目を凝らしたり、目を瞑ったりと眩しさから目を逸らしている。

「そうだな！　じゃあ、洋裁店に行ってオーダーで服も作ってもらおう！　それから色々、アリアの欲しいものを買いに行こう！」

一人で盛り上がっているエゼキエルだが、アリアは心配だ。だってパパは大統領、毎日忙しいはずで、娘の買い物に付き合っている暇なんてないのでは？

「パパ、おしごとは？」

アリアの問いにエゼキエルは「フフ」と自慢気に鼻を鳴らし、胸を張る。

「昨日、大切な要件を全て処理した。だから、今日はお休みにしたのだ」

エゼキエルの言葉にアリアは椅子から立ち上がり、尻尾を思いっきりフリフリしてしまう。

「うわあっ！　じゃあ、今日はパパと一日いっしょ？」

「そうだぞ、アリア」

「うわーい！　パパとおでかけっ、ショッピング！　デートだ、デート！」

五歳児の体は正直で、椅子から降りるとスキップしてエゼキエルに飛びつく。スキップがジャンプのように跳ねてしまったが、エゼキエルは易々(やすやす)と娘をキャッチしてくれる。

「そうだ、デート……うん、デートだな。……娘とデート……夢のようだ……」

アリアをギュッと抱き締めて、譫言(うわごと)のように「デート」と繰り返すエゼキエルの顔はとろんと惚けており、まるで初恋に目覚めたように頬を赤らめていた。

◇◇◇

大統領が住まう家はレスヴァの中枢である大統領区にある。その区内に屋敷から一番近い街セリヌスでショッピングをすることになった。

歩いて十五分ほどの場所にあるセリヌスだが、それは『大人の足で歩いて十五分』なので、アリアの足だともっと時間がかかる。

なので、アリアはエゼキエルに抱っこされて街に出向いた。アリアとしてはとても嬉しいけれど、大人の記憶があるだけに申し訳なさもある。

「パパ、ごめんね。フェンリルになってまちに行けば、もっともっと早くつくよね」

「何を言うんだ、アリアは。こうして娘を抱っこして歩くは父親冥利(みょうり)に尽きるものだぞ。アリアは小さいんだから、そんなこと気にしなくていいんだ」

「うん……」

いつか、フェンリルの姿になれる日が来るのかな？　と口に出そうになって慌てて止める。

無邪気な問いだろうけど、きっと父は気に病むだろう。

こういうときに大人の反応をうかがってしまう自分。

（まあまあまあ……。その問題は置いておこう）

——今は。

「うわぁ……っ！　まちだ、まちだよ、パパ！」

整備された道を歩き、公園の中を通り抜けた先に、オレンジや茶色の屋根がたくさん見えてきて、アリアは興奮する。エゼキエルの腕の中で立ち上がって降りようとするくらいだ。

「こらこらアリア、落ち着け。もう少しで着くから」

「もう歩くー！」

五歳の好奇心は抑えられない。エゼキエルの腕から滑り降りると、クルンと一回転して軽々と着地した。

「うぉっ」と自分でも驚く。前世の運動音痴だったとは思えない運動神経だ。

今まで「魔力封じの首輪」を付けていたせいもあってわからなかった。

（なかなかいい運動神経ではないの）

「さすが半分、フェンリルーっ」

「だからといって調子に乗ってると危ないぞ」

エゼキエルが父親らしい心配をしてる。アリアは「はーい」と素直に返事をして、エゼキエルと手を繋ぐ。

「人の姿でいるとき、こうして手を繋ぐという行為は『素晴らしい』とパパはいつも思うんだ」

「フェンリルのときはできないもんね」

「ああ、そうだ」

「『手をつなぐ』って、ママと会ったときにならったの？」

「そうだよ。ママの手はスベスベしてて、毛に覆われているわけじゃないのに、とても温かった」

「アリアは？　アリアの手は？」

「アリアもママみたいにスベスベしてて温かいぞ」

ニッコリと微笑んでくるエゼキエルにアリアは「えへへ」と照れ笑いをした。半分は人間であるローラの血を引いているんだと意識できて嬉しい。

こんな感情、前世でなかった分、余計に嬉しかった。早々と養護施設で過ごした加藤葉月の記憶が昇華されていく。

「パパといっしょ、パパといっしょ」

歌いながらエゼキエルと手を繋いで街に入っていって、その広さと大きさにアリアは目を見張った。

石畳で道を造りそれが真っ直ぐに続いている。木組みの家々が建ち並び、柔らかなクリーム色の壁面がとても愛らしい。どこの家にも庭木が植えられており、それが目の癒やしになっている。

整然とされた街並みはとてもお洒落で清潔感溢れていて、これで魔物たちでなく人間が歩いていたら、ここがレスヴァ連合国と思わないだろう。

「うわぁ、すごい、すごい！」

「あっ、アリア、急に駆け出すんじゃない」

興奮して駆けだしてしまったアリアはエゼキエルにすぐに掴まってしまい、ぷう、と頬を膨らませる。

「怒ったって駄目だ。迷子になったらどうするんだ？　それに転んで怪我でもしたら大変だ。そうしたらお家に帰るからな？」

「ケガしてもすぐ、なおるのに」

「それでも駄目だ。それに治ると言ったって数時間で治らないぞ」

何もしないで帰るのは嫌だ――アリアは半目になりながらも大人しく従う。

「さいしょに、どこへ行くのー？」

「時間がかかりそうな洋裁店が先だな」

うへぇ、とアリアは嫌な顔をする。

「あたし……アリア、作ってあるおようふくで色々見たいのー」

「いいのか？　オーダーメイドのほうが、好きなのを作れるぞ？」

「いいのー。色々、見たいのっ」

この世界の服ってどんなのがあるかすぐに見られるし。それに――。

(自分のセンスに自信がないし……フリフリとかリボンとかって正直慣れてないし、良いの買っても破ったり汚したりしそう)

「うーん、でも、一着はオーダーした服を持っていた方がいいとパパは思うんだが」

「いずれ。ちゃんと、れいぎさほうができるようになったら、ごほうびに買って。そのほうがうれしい」

そうだ、そのほうがいい。ファーストレディとしての作法を身に付けたら自分へのご褒美にだってなる。

そう決意してエゼキエルに提案したら、何故か鼻をすすっている。

「……本当に苦労して育ったな、アリア……。この歳で『謙虚』な気持ちを持てるなんて

「……」

「ごほうびだよー、パパ。だからなかないの」

通りでメソメソ泣かれて、周囲から注目を浴びてしまっている。確かにイケメンの大人が泣いてると目立つ。

しかも大統領が幼女に慰めてもらってる光景に目を向けない魔物はいない。人間だっていたらそうするだろう。誰も彼もこっちをガン見しながら通り過ぎている。

さすがに恥ずかしくなってアリアはグイグイとエゼキエルの手を引くが、やはり大の男を引っ張るほど五歳児に力はない。

（ここは……うーん、そうだ！）

「パパ。早くこどもふく、うってる店に行こう！　アリア、パパにえらんでほしい。パパのすきなふく、きたいっ」

――と、いうわけで。

「これもいいなあ！　アリアが可愛すぎる！　よし、これは？　次はこのエプロンドレスを着てみよう！」

（子供服店に入って、パパに見立ててもらってるのはいいけど……一体いつ終わるんだろう？）

『パパに選んでもらいたい』と言ったら途端に泣き止んで、セリヌス一の高級子供服店に直行した。

ホッと一安心したのも束の間で、エゼキエルはアリアの体にあった服を「あれもこれも」と着せてくる。

最初は物珍しさもあって大人しく着てファッションショーさながらを楽しんでいたアリアも、二時間も経てばいい加減疲れてくる。

(もう、二十着は着てるよね……)

喉も渇いてきたし、お腹も空いてきた。一旦、休憩にしたい。

「パパ……アリア……」

「そうだ！　靴や靴下に、それと髪飾りやアクセサリーも合わせないとな！」

エゼキエルは疲れ知らずと言わんばかり。

目をキラキラと輝かせ続け、「ほら、アリア。靴のサイズは？」と手招きしてくる。

「……はい」

溜め息を吐くと、靴売り場に出向く。こんなに張り切って娘の服を選んでいる父に我儘なんて言えない。

(お腹空いたとか喉渇いたとか、奴隷だった頃なんてしょっちゅうだったもの。少しの時間くらい我慢できるし)

質のいい革靴をいくつか履いて、それから靴下を見て——また小一時間経った頃、エゼキエルが難しい顔をしながら呟いた。

「うーん……困った。娘が可愛すぎて、どれもこれも似合いすぎる。どれかを選べと言われても選べんぞ。いやぁ……可愛い娘を持つと苦労するなぁ」

うんうん、と一人、満足そうに頷いている。

これは、「どれも選べないから今度」ということになるのか？　とアリア含む店員たちが眉間に皺を寄せ始めたときだった。

「——よし！　今まで試着した服と靴、それと靴下！　全部買おう！　すまないがこの住所に送ってくれ」

（どひゃー——!?）

「それと、買ったこの子のサイズを確認してもう十着、いや、二十着見繕って送ってくれ。勿論、デザインは変えてくれ」

（ひゃー————!?）

「ありがとうございます!!」

店員たちが一瞬で笑顔に変わる。

「パパパパパッ、パパっ。そんなにいいよ！　わ、ア、アリア育ち盛り！　すぐに大きくなって着られなくなっちゃうかも！」

「そうだな……、アリアは同じ歳の他の子供に比べて小さいから、これからすぐに大きくなりそうだしな……」

「うんうん。ごはん食べて、すぐに大きくなるよ」

そうそう、だからそんなにいいです。勿体ない。加藤葉月の記憶が全面に出て頷いている。

「よし！　店主！　追加した二十着のうち、半分はワンサイズ大きいのに変えてくれ！」

（そうじゃないーーーーー!!）

「かしこまりました！　ありがとうございます！」

店主含む店員たちが、更に無茶苦茶いい笑顔になる。

はぁ、とアリアは溜め息を吐いて、諦めて全てを受け入れることにした。


――と、いうわけで。

アリアは、ようやくお昼ご飯にありついていた。

高級店に連れて行かれるのかと思いきや、オープンカフェっぽい店で、開放感溢れた店構えだ。店内は客がいっぱいで、繁盛しているようだ。

エゼキエルは二階のテラス席を貸し切り、親子二人っきりで食事をする。

一階はワイワイと賑やかだが、二階はエゼキエルと二人しかいないので静かだ。

メニューを見ても文字を読めないアリアにはさっぱり分からない。エゼキエルにお任せした。

やってきたランチは──。

チキンの丸焼きに、魚に衣を付けて揚げたもの。いろんな形のパン。野菜とハムのサラダにオレンジ色のジュースだ。

（……思ってたけど、豪快な料理が多いな）

昨日、庭でのお茶会もアフタヌーンティースタンドに盛られていた料理は肉とパンだった。そして夕ご飯と朝ご飯も肉と野菜だった。

塊の『肉』が、どんとやってきて、それを切りわける。お茶会に成形された肉団子が出たのが奇跡なのかもしれない。

野菜は慰め程度だ。

（魔獣だけあって獣だから、お肉が主食なんだろうなぁ）

前世の加藤葉月だったらとっくに胸焼けしていそうだが、やはり自分は半分魔獣の血を引いている。

肉が出てくると、パブロフの犬みたいに口の中が涎（よだれ）でいっぱいになる。

エゼキエルはチキンを豪快に半分に切ると、自分とアリアの取り皿に載せる。

「さあ、食べなさい。ここのお肉は美味しいぞ」

「いただきますっ」

習いたてのテーブルマナーを使うチャンスだと、アリアはナイフとフォークを手に持ち、

「いざっ」とフォークでチキンをさす。

今度は端っこすぎない場所を刺したので、肉は飛ばずにすんだ。

「ナイフッ、オン」

と、ナイフを動かして切っていくが、慣れないせいなのかそれともチキンが固いのか、すんなり切れてくれない。

「うーっ」

唸りながらも懸命に切っていくアリアを見て、ホッコリしていたエゼキエルが、

「パパが食べやすいように切ってあげよう」

と、隣に移動してきたときだった。

「むんっ！」

アリアが勢いよくナイフを入れたら、フォークに刺さっていない部分がポーンと宙を飛んだ。

（ああ、またこのパターン）

この世界のチキンは、調理済みでも飛ぶようにできてる？

それだけ空が恋しいのか、と行方を目で追っていたら徐（おもむろ）にエゼキエルが立ち上がり、チ

キンを追うようにジャンプした。

見事空中でチキンを咥えると、華麗に着地。

「おおっ！　パパ！　すごい！　お口キャッチ！」

思わず拍手を送ってしまったアリアだったが、はた、と気づき肩を落とした。

「ごめんなさい……またチキンをとばした……」

エゼキエルはモグバキバキモグと豪快に音を立てながらチキンを食べ、アリアの横に座り頭を撫でてくれる。

骨まで綺麗に咀嚼して、最後にゴクンと飲み込んだ。

「アリア。習ったマナーを使おうとする意気込みは、素晴らしいと思うよ。でも、このレストランはそこまでマナーを気にする場所じゃないし、それにアリアが好きに食べられるようにテラスを貸し切ったんだ。だからアリアの自由に思いっきり食べていいんだよ」

「パパ……ありがとう」

そうだったんだ、だからこのテラス席を選んだんだ。自分のために。アリアの胸にジーンと響く。

(いい男すぎる、元はフェンリルだけど。いい男だ。この人の遺伝子を受け継いでいる私ってめっちゃ幸せ者じゃない！)

「パパ、イケメン……大すき」

「パパもアリアが大好きだぞ」

うふふあはは、とニコニコしながら残りのチキンを手づかみで美味しくいただく。

食べ終わり、オレンジ色のジュースを飲み干す。色のままオレンジのジュースだった。

「オレンジのジュース、おいしい」

「もっと飲むかい？」

「うん！」

元気よく返事をすると、エゼキエルはスマートな仕草でウェイターを呼ぶ。

「オレンジジュースをデキャンタで十杯頼む。それからチキンをもう四十個ほど」

「そんなに飲まないし、そんなに食べられないから！」

格好よく注文した内容がおかしい。刹那ツッコミを入れて阻止する。

「もちろんパパも食べるよ。パパは三十個、アリアは十個だ」

それだって食べる数がおかしい。

「アリアはもうチキンはいいよ。ジュースも……………は、二はいくらい、ほしいけど」

「でもアリアは、たくさん食べた方がいいとパパは思うんだ。だって洋服だってアリアの年齢よりも小さい子たち用の服ばかりだったろう？　大きくなるにはよく食べてよく寝るのが一番だ」

「それだと、よこに大きくなるだけだもん」

心配そうに眉を下げるけど、だからといってオレンジジュースデキャンタ十杯と丸焼きチキン十個食べられる五歳児ってそういないだろう。

（……もしかしたら、魔物はそういう五歳児って案外多いの？）

チラッと下を覗き見る。

下にも店頭にテーブル席が設置してあり、家族連れや大人同士で賑やかに食べている。

食事の量は、というと――。

（……うん、やっぱファンタジーかなっ！）

アリアは現実を直視するのを止めた。

それに食事はもういいから、食べたいものがアリアにはあった。

「パパ、チキンはもういいから。ジュースおかわりと……あと、ケーキ食べていい？」

モジモジしながらも尋ねる。

――そう、食べたいのはデザート。甘いお菓子！

最初に屋敷に着いたときに食べたパン粥に、ほのかに味付けされていた甘味。あれ以来、甘いものを口にしていない。せいぜい果物を搾ったジュースの甘みくらいだ。

加藤葉月の人生も、そうそう甘い物を食べられる環境ではなかったが、それでも社会人になってからは自分で菓子を作るようになって、お菓子を食べる喜びを知り、人生がちょっぴり豊かになったと思えるようにまでなった。

アリアの人生では、自分で作る機会はまだなさそうだが、パティシエが作る菓子を食べる機会はありそうだ。

いや、絶対にある。何せ、パパはこの国の大統領だ。お金ならホールケーキ百個買っても有り余るほどの財力を持っているだろう。

（パティシエが作った芸術的といえるほどのケーキ……、ああじゅうしいなイチゴが載ったショートケーキとか、チョコ細工が載ったケーキに、パ、パンケーキもいいなあ……）

――しかし、エゼキエルは目を大きく見開いて「?」という表情をアリアに向けた。

「?」

アリアも首を傾げる。

次に出たエゼキエルの言葉に、アリアは衝撃に目の前が真っ暗になった。

「……ケーキ？　ってなんだ？　そんなメニュー、あったか?」

エゼキエルの言葉に気を失ったが瞬時に覚醒し、メニュー表を開いた。が、文字はまだ読めない。

エゼキエルが代わり、メニューを読んでくれる。

「ケーキ！　あの、あまいの！　おかしなの！　メニューに『デザート』って書いてあるの！」

必死に訴えるも、エゼキエルから発せられた言葉は「ない」だった。

（嘘？　うそうそうそ!?）

アリアの頭の中はもはやパニックに陥っていた。

だっておかしい。砂糖とか甘味がこの世界にあるのは一昨日、口が確認した。奴隷だった頃にたまに奥さんがクッキーを焼いていたし、お祭りのときにだってパウンドケーキが配られていた。

砂糖などあるはずだ。一度も食べさせてくれなかったけれど。なのに、それを最大限に使った魅了の食べ物『菓子』がない!?

「なんで……？　なんでないのにぃ……？」

衝撃すぎて言葉まで崩れていく。

「アリア、その『ケーキ』とか『デザート』とか『お菓子』というのはなんなのだ？」

「ないにぃ」「なんでにゃ」と、語尾がぐだぐだに崩れてテーブルに突っ伏して半泣きになっているアリアに、エゼキエルはアワアワと慌てながら尋ねてきた。

アリアはぐだぐだになりながらも、エゼキエルにお菓子について話を聞かせる。

エゼキエルは「なるほど」と頷きながら話してくれた。

「確かに魔物は甘い『菓子』とやらより、栄養に直結する肉が中心の食生活だから、そういうのは発達しなかったんだろう。砂糖も調味料として使用するだけだかな。遙か昔はそもそも、食材を調理するということさえしなかったし」

「あううぅぅぅ……そうなんだ……」

魔物は甘い物、いらないんだ。食べないんだ、ショックでまた泣きそうになる。

（お菓子食べるお腹の余裕があったら、肉とか肉とか魚とか、たまに野菜とか食べた方がいいんだろうなぁ）

でも、小さい頃からこれだけたくさん食べる健啖魔物たちだ。少し、ほんの少しだけでもお菓子を食べる余裕を胃に残してくれてもいいんじゃないだろうか？

「家に帰って料理人のトンペーに言って作ってもらうか？　口で説明すればそれらしいのを作れるかもしれんぞ？」

（あの豚顔の料理人さんのことかな。トンペーって言うんだ）

また屋敷の使用人の名前を一人覚えた、でも、とアリアはテーブルに突っ伏していた顔を起こす。

「ううん、いい。へいき。トンペーさん、やしきのみんなのごはん、作ってるのに、おかしまでたのんで作らせたら、もっとたいへんになる」

「そのくらい大丈夫だ。トンペーだってアリアに頼まれたら喜んで作ってくれるさ」

「でも……」

そんな我が儘言っていいのだろうか？　とアリアは俯いてしまう。

嫌な顔をされないだろうか？

嫌われないだろうか？

――叩かれないだろうか？

前世の感情と今世の感情が入り乱れる。どっちも負の感情でアリアは哀しくなってくるが、経験から刷り込まれた嫌な予測は、なかなか拭えない。

不意にポン、と頭に大きな手が置かれ、ゆっくりなでなでされる。エゼキエルだ。

「そのくらい『お願い』したって、トンペーはアリアを嫌ったりしない。安心して言ってみるといい」

「パパ……」

「もちろんパパだって、アリアがどんな我が儘を言おうが、できるだけ叶えてやろうと思ってる。今までアリアが苦労してきた分と、パパがアリアと過ごせなかった分を加えてな」

エゼキエルは、自分が不安に思っていることがなんなのか察して、こうしてくれる。口角を上げて優しい眼差しでアリアを見て頭を撫でてくれるこのイケメン魔獣は、自分の父親なんだと改めて嬉しくて、くすぐったい気持ちになる。

「あんまりあまやかすと、ワガママでいやな子になっちゃうよぉ」

「そうしたら、パパはパパだから叱るよ。それは親の役目だからな」

「うん。……おねがいしてもいいのかな？　トンペーさんに」

「ああ、トンペーならきっと『ケーキ』なるものを作ってくれる！」

「うん！　聞いてみる！　早くお家に帰ろう！」

ケーキのことを教えて作ってもらいたい。その想いはアリアを急かす。

椅子に立ち上がり、ジャンプして着地すると、

「パパ！　早くお家へ帰ろう！」

と、エゼキエルを急かして駆けだした。

だがエゼキエルは、そんなアリアの首根っこを素早く掴んで再度、椅子に座らせた。

「おかわりした注文を食べてからな。オレンジジュースはアリアが頼んだんだから、ちゃんと飲むこと。それと一個だけでもチキンを食べなさい。夕飯までにお腹が空くぞ」

「……はい」

会って僅か数日でも、親は親。パパはパパだ。しっかりと躾をするつもりだ。

アリアは自分で注文したオレンジジュース二杯を飲んで、食べられないと思っていたチキンを結局、二個ペロッと平らげたのだった。

第六章　街に人間が作ってるお菓子屋さんがあった！

「おなか、パンパンだぁ」

「どれどれ、おおっ、立派なお腹だなぁ」

エゼキエルに抱っこされて、お腹をさすさすされて、くすぐったさにアリアは腕の中で笑い転げる。

危ないかな、と思ったけれどさすがフェンリル王のエゼキエルだ。腕の中で幼児が転げ笑っても余裕で支えている。

（幸せだー）

アリアは今の幸福を噛み締めながら父親の首に手を回す。エゼキエルは心得ていて自分の腕にアリアの尻を載せ、背中を支えてくれる。

「他に寄りたいところはあるか？」

「ううん、今日はいい。早く帰って、トンペーさんにおねがいする」

今は街を見て回るより、『菓子』という存在をトンペーに伝えて作ってもらうことの方がアリアにとって重要だった。

「じゃあ、帰るか」

「うん！」

顔を見合わせてニコニコしながら、エゼキエルがレストランの扉を開けたら——。

「キャーッ！　エゼキエル様！」

「大統領！　娘さんが見つかって、おめでとうございます！」

「アリア様！　可愛い！　こっち向いてください！」

黄色い声を含んだ大歓声が上がって、アリアはエゼキエルの腕の中で固まってしまった。

レストランの外には街の人たちが集まっていて、なんと、エゼキエルとアリアを待ちかまえていたのだ。

花が宙を舞い、妖魔らしき二人の美女が花束をエゼキエルとアリアに渡してくれる。

「……パパ、こういうとき、どうしたらいいの？」

「そうだな、とりあえず笑っていればいいぞ。それ以外はパパが対応するから」

（ロ、ロイヤルスマイルっていうのをすればいいのかな？）

とりあえず笑ってみせると、

「ぎゃー!!　アリア様が笑った！　可愛い!!」

と大絶叫されてしまい、アリアは完全に石のように硬直してしまった。

笑ったまま固まってしまったアリアが腕から落ちないよう、エゼキエルはギュッと抱き締めると、余裕の表情を街の人々に向ける。

「セリヌス街の皆、私と娘のために集まってくれて感謝する。私は娘と会えた喜びを生涯忘れることはないだろう。そして、こうして娘との時間を送っている。どうか、温かく見守って欲しい。何せ娘は、こんなに魔物たちが集まっているところを経験したことがなくてビックリしている」

「わかりました！」

「大統領！　娘さんとお幸せに！」

「幸せな時間をこの街でお過ごしください！」

「大統領ばんざーい！」

「アリア様、ばんざーい！」

集まった街の皆が口々に言う中、エゼキエルは群衆を掻き分けていく。もちろん、爽やかでありながら威厳ある笑顔付きで。

（パパ、凄い。こんな群衆の中でも余裕だ。やっぱり大統領になるだけあるんだなぁ……）

アリアは固まりながらも、そんな父親を誇りに思っていた。

そして自分はファーストレディなのだから、そんな父の足を引っ張らないようにしないと、とも。

「家と逆方向にきてしまったな」

ようやく群衆の波から離れてホッとしていたら、帰る方向と真逆に進んでしまったらしい。

しまったという顔をしてキョロキョロと視線を彷徨わせながら、鼻をヒクヒクさせている。

「このへんは、しょうてんがいじゃないんだ」

「ああ、住宅街だよ。……あっちだな」

匂いで帰る方角がわかるんだと、アリアも真似して嗅いでみる。

「――っ!?」

衝撃に耳と尻尾がピーンと立った。

微かに匂うこの甘い香りは……

「おかし！　おかしのにおいがする！」

アリアはエゼキエルの腕の中で立ち上がると目を瞑り、鼻に入ってくる様々な匂いに集中する。エゼキエルもアリアが落ちないように支えながら鼻をひくつかせ、呟いた。

「確かに、何か焼いた匂いがするな……。これは、人間の住む街に行ったときに嗅いだことがある。焼いた甘さのある小麦粉か？　砂糖か？」

「あっち！　パパ、あっち！」

アリアは父の腕から飛び降りて道に降りると、エゼキエルの手を引っ張って導いていく。

住宅街の中、匂いを頼りに進んでいく。鼻の利く二人なので、道は間違いない。

証拠に甘い焼き菓子の匂いがだんだん強く濃くなって、アリアの鼻を誘惑してくる。

この匂いはパウンドケーキ？　それともクッキー？　バターと砂糖と小麦粉と、チョコの匂いもしている。

（涎が……涎が、出ちゃう～）

様々な造りの住宅が建ち並ぶ中、他の家とは少々違う門構えの家の前に出た。

木製の扉だが、上半分はガラスが張られ中が見られるようになっている。扉のすぐ横にはスタンドの看板が置かれていた。

「ここだ！　パパ、かんばんになんて書いてあるの？」

「『焼き菓子　トクトク』……菓子屋だぞ！　アリア！」

「やったー！　パパ！　おかしやさんあった、あったよ！」

「よかったな、アリア！」

抱き上げられて宙上げされるアリア。結構どころか、かなり天高く上がった。移動中の羽を持つ妖魔と空中で目が合って向こうは驚いていたが気にしない。

だって心が舞い上がって、まさしくそんな感じだから。

お菓子だ。お菓子を売っている店があったのだ。

「パパ、入ろう」

エゼキエルの手をぐいぐい引っ張って店内へアリアは誘う。

「わかった、わかった」

エゼキエルも笑いながら扉を開く。カランカランとドアベルの軽やかな音が鳴る。

「いらっしゃいませ……あっ」

店の奥から手を拭いながら出てきたのは青年――人間だった。

コック帽を被り、耳の脇から黒髪がほんの少し見える。中肉中背の体に幼い顔立ちが乗っている。大きめの茶色くて丸い目がさらに彼を幼く見せているように思えた。

彼は二人を見て、目を大きく見開きながら挙動不審になっている。

「人だ。お兄ちゃん、人間だよね？」

「は、はい……！　い、いらっしゃいませ、だ、大統領閣下！」

彼は膝に頭がつくほどに腰を曲げて挨拶をする。その拍子に下の棚に頭をぶつけたらしく「ゴツン」という重々しい音が聞こえた。

（挙動不審だったのは、いきなりパパが入ってきたからか）

国一番の偉い人がお供も付けず、しかも先触れもなしに突然幼女と入ってきたらそれは驚くだろうな、とアリアは納得する。

エゼキエルはアリアを抱き上げると、柔らかな口調で彼に話しかけた。

「突然ですまない。今日は休みで、私の娘でアリアと言うのだが――この子が『菓子が食べたい』と所望してね。たまたま偶然、この店を見つけたので入ってみたのだが……迷惑だったかな？」

「こんにちはー」とアリアは彼に挨拶すると、彼は頬を染めて笑顔を見せる。

「う、嬉しいです、ありがとうございます！　魔獣さんや妖魔さんが買いに来られることって今までなかったので……。最初のお客様が大統領閣下と娘さんなんて光栄です」

「私もセリヌス街に菓子屋があるなんて初めて知った。最近、オープンしたのか？」

「三ヶ月ほど前です、閣下」

「……この辺りは……そうか、半獣人や半妖魔が多い区域だな。なるほど、半獣人なら甘い菓子など欲しがるだろう」

「はい、お陰様でなんとか続けています」

「パパー」と、アリアはエゼキエルの尻尾を引っ張る。

「こら、アリア。尻尾をむやみに引っ張らない」

「ごめんなさい、パパ。『半じゅうにん』と『半ようま』ってなに？　って聞きたかった」

「ああ、人間の血が入ってる魔獣と妖魔のことだ」

「じゃあ、アリアと一緒だ！」

アリアは目を輝かせる。なんだか仲間を見つけたような気分だ。

そして、この純血の人間である彼が独りでここに住んでいることに疑問が湧いた。

「お兄ちゃん、ひとりでここにすんでるの？」

「そうですよ、お嬢様」

（……お、お嬢様なんて……。前世の記憶があるせいで、人間に言われるところそばゆい……！）

しかも甘い顔立ちの彼に「お嬢様」と言われてアリアは照れくさくなって、エゼキエルの尻尾で顔を隠した。それを見たエゼキエルは、

「君、名前は？」

と、彼に名前を尋ねる。

「ロイ、ロイ・カーテスと申します」

「うむ、むすめはまだやらんからな」

「……え？」

爽やかな笑顔でロイに宣言するエゼキエルの尻尾を、アリアは引っ張った。

「あたたたたっ！　こら、強く引っ張らない」

「パパが、へんなこと言うからっ」

エゼキエルの尻尾にぺしぺしと頭を叩かれるが、アリアも負けずに尻尾に抱きつく。

二人の様子を見ていたロイがニコニコしながら話しかけてきた。

「仲がいいんですね」と。

ロイの言葉にエゼキエルは、ふにゃんとした顔をして、

「店の菓子を全部購入しよう！」

と高らかに宣言した。

えっ？　と、笑顔で固まったロイと慌てるアリア。

「パパ！　そうしちゃうと半じゅうにんさんと半ようまさんたちが、買えなくなっちゃうでしょ！　いじわるしちゃだめ！」

「い、意地悪なんて……パパはそんなつもりじゃ……」

明らかにアリアの言葉にショックを受けているようで、エゼキエルの尻尾と耳が垂れ下がった。

「お店のものを買いしめちゃうと、ほかの人が買えなくなっちゃうでしょ？　そうしたらかわいそう」

「そうだよな……うん、そうだった。娘可愛さに盲目になっていた。アリアはすごいな、まだ五歳なのに他人を思いやれるなんて」

「パパはちょっと、おちつこう？」

尻尾をなでなでしてやると、復活したのか元気に横に振り出した。

頃合いを見てロイが口を開く。

「あ、あの……初めての魔獣のお客様ですので、たくさんサービスしますよ」

「ほ、ほんと？」

「ええ、勿論ですとも」

アリアが更に目を輝かせる。

「ええと……、クッキーとかパイとか、ケーキとか、それとそれと……」

「生菓子は日持ちしませんから、クッキーとパウンドケーキをサービスでお包みしましょう」

（ふわぁああああっ！　やったー!!）

興奮してアリアはショーケースにへばりつく。

「生ケーキは、こ、これ！　イチゴみたいなのがのっかったの、ください！　あとシュークリーム！　パパ、パパのはどれ？　どれがいい？　パパ！」

「落ち着け、アリア。お菓子は逃げない」

「お、おうぅ……こんどは、アリアがおちつくばん」

アリアの台詞にエゼキエルは笑いながらショートケーキとシュークリームにモンブラン、そして屋敷で働く者たちのためにクッキー詰め合わせを購入する。

サービス品として三種類のパウンドケーキとリーフパイにメレンゲ菓子をいただいた。

生ケーキだけ持ち帰り、あとはカンカン便という鳥便ですぐに運んでもらう手配をしてもらう。

窓から「まいどー」とやってきたのは、鳩に似た青い鳥だった。ただし知っている鳩より三回りほど大きいが。

「はーい、お任せを。大統領宅ですね。お先！」と、青い鳩三羽は、お腹に付けたボックスにお菓子を入れて蓋を閉めると、颯爽と飛び立っていった。

（いろんな魔物がいるなぁ……、本当に異世界に転生したんだなぁ）

飛んでいく怪鳥たちにバイバイしながらアリアは感心する。

「またのご来店をお待ちしております」

ロイに店先まで見送られてアリアとエゼキエルは帰宅した。

途中で眠くなってしまい、それでも頑張って歩いたが限界が来てアリアはその場にしゃがみ込んでしまった。

――ゆらゆら揺れてる。

うっすらと目を開けると真っ先に見えたのが、エゼキエルの首筋だった。

（……パパに抱っこされてるんだ）

エゼキエルは抱っこするのが好きなようで、親子の再会から短い期間でたくさん抱っこしてくれる。

きっと嬉しいんだ。娘と会えて。

それは自分だって――アリアだって同じだ。

パパと会えて嬉しい。

もっともっと、抱き締めて欲しい。たくさん、お喋りしたい。

（パパ。アリアは、もっといい子になるね。立派なファーストレディになるね）

◇◇◇

夕食のあと、お楽しみのティータイム。アリアはミルクを用意してもらった。

目の前に自分が選んだショートケーキとシュークリームが白い皿の上に鎮座（ちんざ）している。

黄色のスポンジケーキを雪のように真っ白な生クリームが包み、苺と似た果物が艶々とした輝きを放ちながら真ん中のクリームの台に上品に載っている。

アクセントにブルーベリーっぽい小さな果物とミントのような葉も載っていて、アリアはそれだけで大感動だった。

シュークリームは真ん中で切り込みを入れて、クリームを盛りつけるタイプのものでカスタードと生クリームの二種類入っているのが見える。そして粉雪のようなシュガーを振りかけており、アリアは粉砂糖にまみれたいとまで思ってしまう。

「これが『菓子』というものですか……」

運んできた料理人——トンペーが、物珍しそうに遠目で見つめる。

「トンペーは、ケーキやクッキーを見たことがないの？」

はい、とトンペー。

「私は、このレスヴァ連合国で生まれ育ちました。そして魔獣や妖魔の通う料理学校で修行したのです。そこで年に一度開かれるコンテストで優勝しまして、その審査員の一人であったエゼキエル様にスカウトされて、ここで働かせていただいております」

「おかしの作りかたをおそわるこうざは、なかったの？」

「実は『菓子は人間が住む国か、それとも人間が多く住む州に行って修行するか』と言われまして……いつか行ってみようと思いつつもなかなか……」

「人間がたくさんすんでる『しゅう』には、おかしやさんがあるってことなんだね」

アリアは「なるほどー」と頷く。

（じゃあ、その州に行けば……お菓子食べ放題なんだ）

いつか行ってみたいと思うアリアだ。

「トンペーたちにおかしのおみやげ買ったから、みんなで食べてね」

アリアの言葉に「ありがとうございます」と、ここにいる使用人たちは頭を下げる。

「では、我々もいただこうか」

と言うエゼキエルの言葉にアリアは「はい」と元気よく返事をして、ショートケーキにフォークを入れた。

すんなりフォークが入り、スポンジが空に還ることも、地に還ることもなくて一安心だ。

アリアはときめいて高まる胸の音を聞きながら、一口大に切ったケーキを頬張る。

「ふぉおおおおう……」

生クリームとスポンジと、間に薄く切られた苺のような果物が混然一体となってアリアの口内を支配する。

「あまさをおさえたスポンジケーキに、ちょっとやわらかめの生クリーム。間にはさんでるのはイチゴ……イチゴだぁ……アクセントにジャムをうすーくぬってる……。生クリームがすべてをつつんでとろけてくぅ……プロのわざだ、これがプロのなせるわざだぁ……」

なんて美味しいんだろう。アリアの目から涙が零れた。

「泣くほど食べたかったんだな、アリア……」

「プロの人が作るおかしって、こんなにおいしいんだね」

「アリアは作ったことがあるのか？」

エゼキエルの言葉にハッとして、アリアは大いに慌てる。菓子を求めていた体は思考まで奪ってしまったようだ。つい、前世の話をしてしまったのだ。

「あっ、あの、そ、そうなの……っ、か、かい主じゃなくて、やとい主、やとい主さんのお手伝いで……！　あんまり食べさせてくれなかったけど！」

「そうか。一応、食べさせてはくれたんだな」

（ぜんっぜん食べさせてくれなかったけど、さすがに『前世の記憶で～』なんて言えないからこういう嘘、仕方ないよね）

本当に気をつけないと。

こういう小さな嘘をどんどん積み重ねてしまったら、とんでもないことになりそうだ。

『前世の記憶を持っている』と話したら、エゼキエル含む向こうが混乱してしまう。自分にとってはファンタジーな世界でも現実なのだから。

病院行きとかになりそうだし、もしかしたら嫌われてしまうかもしれない。

（そうだよ……パパに『気持ち悪い』なんて言われたら……）

今度こそ生きていけない。自分の「うっかり」を戒(いさ)めないと。

とりあえず、話を逸らそうと、ショートケーキを一口フォークで刺しエゼキエルに向けた。

「パパも食べて！」

エゼキエルは一瞬、驚いた表情を見せたがすぐに蕩けた顔をして「あーん」と口を開けた。

アリアはチキンのときのように途中でフォークからケーキが飛んでいかないか、ドキドキしながら父の口にケーキを入れる。

エゼキエルは頬を染め、ゆっくり味わって咀嚼し食べ終える。

「んっ！　甘いな！　だが、しつこくない甘さで上品さを感じる。土台のスポンジの甘さを控えたのだな。噛むとホロリと崩れて初めて味わう感触だ。イチゴの甘酸っぱさがいい。さっぱりと食べさせてくれる。口の中に甘ったるさが残らない。これはなかなかの腕前の職人だ」

なんだか料理番組の審査員みたいな感想だ。

「ね？　おいしいでしょ？」

「ああ。では、パパのモンブランも食べてみるかい？　アリア」

「うん！　一口ちょうだい」

アリアも「あーん」と口を開けて待つと、今度は栗の濃厚な甘さがやってきた。

（ああああ！　これも美味しい……！　もっ、さいこーうっ！）

「おいひい！　パパのモンブランもおいしい！」

「もう一口食べるか？」

「あとはパパが食べて。アリアは自分の食べるし」

そう断ると――エゼキエルの顔が曇った。

互いに「あーん」というのがやりたかった、という表情だ。そういうの、ママとやらなかったのだろうか？

（すごくかなしい顔をしてる……しょうがないなぁ）

アリアは自分のケーキとエゼキエルのケーキを交換する。

「じゃあ、パパ。たべさせあいっこしよ？」

アリアの提案にエゼキエルの顔が輝く。今度は後光付きだ。これは魔力出てるとわかるほどだ。またもや周囲にいた使用人たちは目を眇める。

アリアも眩しさに薄目にして父親と向き合い、ケーキを食べさせあいっこしたのだった。


夜の大統領邸――。

夜行性の魔物以外は皆、深い眠りについている刻。

夜の庭を歩く者がいる。その者は調理場の裏に着くと、服のポケットから包みを出した。

そうしてダストボックスの蓋を開けると無造作に捨ててしまった。

「人間が作ったものなんて、食べられるわけないじゃないの」

そう憎々し気に吐き捨てると、長い耳を前後に揺り動かし、音もなく去って行った。

第七章　パパにケーキのプレゼントをしたい

「おはようございます、アリア様」

「おはよう、ミル」

今朝の支度は猫顔のミルというメイドが当番らしく、かいがいしくアリアのお世話をしてくれる。

「今日のお召し物は、昨日エゼキエル様と一緒にお買いになったワンピースですよ」

「もう、とどいたんだ」

「はい、少々お待ちを」

ミルはいったん隣の部屋に引っ込むと、重そうにガラガラとキャスターの音を立てながら出てきた。

ミルが引っ張ってきたのは、キャスター付きの移動ができるハンガー掛け。

それも服を掛ける部分が長い。三メートルはゆうにある。それにびっしりと服が掛けられているのだ。

アリアはギョッと目をまん丸にして呟く。

「こんなに買ったっけ……？」

「なんでも、昨日お二人の買い物姿をご覧になった方々からのプレゼントも入ってるそうです」

「そうなんだ」

アリアはそう言ってしばらく考え、ミルに尋ねる。

「おれい……したほうが、いい？」

プレゼントなんて初めてもらって、アリアはどうしていいのか悩んでしまう。

「アリア様はそんなこと、お考えにならなくてもいいんですよ。エゼキエル様が考えてくださってます。きっと今頃は、お礼状の手配をしていますよ」

「そうなんだ。でもわるいなぁ……あた、アリアがもらったものなのに、パパに書いてもらうのって」

まあ、とミルは笑う。

「アリア様はまだ五歳ですよ。子供の面倒は親がみるものです。厚意を素直に受け取って、あとは親であるエゼキエル様にお任せすればいいんです」

「そういうもの？」

アリアとして生まれてからも、加藤葉月として生を送っていたときも目に見える厚意なんて受け取ったことがない。

そしてどうしたらいいのか教えてくれる大人は限られていた。だからこそ戸惑う。

ミルはニコニコしながら、

「アリア様はちょっと大人っぽいですね。でも、素直に喜んで笑って泣いてもいいと思いますよ。きっと贈り物をくださった方々も、アリア様の喜ぶお姿を想像して購入なさったのだと思いますし」

と話しながら、ラックから何着か出してアリアに合わせてくれる。

「そうなんだ……そうする」

アリアは照れ笑いをミルに見せる。自分の気持ちを素直に表に出すことを意識してしまうと照れくさい。

でも、これはアリアになった自分にとって大切なこと。

「ええと、おようふく、えらんでいい？」

「ええ、お好きなものをお選びください」

とりあえず、感情をだすことに意識して洋服を選んでいたアリアだったが、そのうち本気になって選び出す。

昨日は途中から疲れてしまっておざなりに見ていたけれど、やっぱり可愛い。

（フリルにお花の模様のスカートに、キラキラ光るボタンに……どれもこれも可愛い！）

たくさん悩んで、尻尾が出る部分にリボンのついた切り替えのあるワンピースを選んだ。上身頃が黒でスカートの部分はチェックのカジュアルなタイプだ。尻尾部分のリボンは赤で、このアクセントがアリアは気に入った。

「では髪を結ぶリボンも赤にしましょう」

と、ミルもルンルンと結わえてくれる。

「楽しいね、ミル」

「ええ、本当に楽しいです。女の子のお洒落(しゃれ)って楽しいですよね」

うふふ、と二人で満面の笑みで言い合った。

「今日もアリアは可愛い……今日も一緒にいたい……ああ、仕事なんて……」

と、エゼキエルは嘆(なげ)きながら仕事に出かけた。

「パパのしょくばってどこ？」

「このお邸なんですけどね……」

アリアの問いにトカゲ顔のハルが苦笑いしながら答えた。前世も大統領は、自分が住む邸で執務を行っていたなぁとアリア。

（じゃあ、お昼の時間が合えば一緒にご飯食べられるじゃない）

夕食時に提案してみよう、とアリアは思いつく。

ナフキンをミルが外してくれる。ふと、メメがいないことに気づいた。

「メメは？」

「メメは本日、お休み日なんです」

公休日がちゃんとあるんだ、とアリアは感心する。何せアリアはずっと働きづめで、休みなんてなかった。

さすがパパ、ちゃんと考えてるとうんうんと頷く。そして、ちょっとホッとしてる自分もいる。

（ちょこちょこっと、グサグサくること言ってくる人は前世で経験済みだから、慣れっこなんだけどなぁ）

しかも今世では隠すことなく罵倒してくる人の元にいたから、余裕なはず。

けれど、どんな境遇でも傷つくことは傷つくんだなと改めて思う。

しかもアリアはまだ五歳だ。劣悪な環境に表情をなくし、そして父に救われた今は感情を表に出すことに躊躇いがない。

短い期間でこうなったのは前世を思い出しただけではなく、父のエゼキエルが心をも救い出してくれたからだ。

アリアにとって父は、生きるためになくてはならない存在になったのだ。

（確かにあの状況で助けに来たら『キャー！　白馬の騎士様！　運命の人！』って思うよ

ね）

父だし、魔物だし、フェンリルだけど。

メメのことは父に相談するかどうかは追い追い考えるとして、アリアは椅子から降りて今日一日何をしようかという課題に頭を巡らす。

今日はエルローズが来る日じゃない。ファーストレディになるべく自主練をするか、それともフェンリルに変化できるよう特訓をするか。

自分磨きする五歳児ってすごくない？　と自画自賛（じがじさん）していたら、

「アリア様！」

と、緊迫した声を上げながら、訪問予定のないエルローズがやってきた。しかもフェンリルの姿でだ。

陽が当たって光っている積雪のような毛並みで、キラキラしている。

「うわぁ！　エルローズきれい！　キラキラしてるよ」

さすが五歳児。キラキラにたまらんと、エルローズに突進して首元に抱きつく。

このくらいの子供はキラキラと動物が大好きだ、触りたくてしょうがないのだろう。

「あ……あらぁ、アリア様ったら……ウフフ……」

エルローズもまんざらじゃないと前足でアリアを抱き締めるが、はた、と気づいて顔を見合わせる。

「ご無事でしたのね。……よかった。わたくしの父から、アリア様が人間のいる区域に行ったと聞いたので……」

「？　人間？　ロイのこと？」

「ええ、そうです。人間の住む区域は恐ろしい場所です。子供は行くところではありません」

　恐ろしい？　人間が？　それとも人間が住む区域が？

　意味がわからず、アリアは思いっきり首を傾げる。だって全然怖くなかったし、ロイは純血の人間だけど、お菓子屋を営（いとな）む善良な人に見えた。

「ええと……パパといっしょに行ったよ？　それにロイはこわくないよ？」

　アリアの言葉にエルローズは驚いて、歯を剝き出しにした。

（えっ？　怒ってる？）

「エゼキエル様ったら……いくら自分がお強いからと、まだ幼いアリア様をそんな危険な場所にお連れするなんて……」

　許せません！　とグルルと喉まで鳴らし始める。

　あ、このままじゃ仕事中のエゼキエルに突撃するかも、とアリアが思ったときだった。

　ミルがスッと横に出てきて説明してくれた。

「エルローズ様、昨日エゼキエル様とアリア様が出向いた区域は、大統領区内の半魔獣や半妖の魔物が多く住む区域でございます。なので安心かと……」

「ああ……セリヌス街にある場所かしら？」

「左様です」

「なら安心だわ」

エルローズは安堵の息を吐く。でも『人間の住む区域は恐ろしい』というのはどうしてだろう。

「エルローズ、どうして人間のすむくいきは、あぶないの？　人間がきけんなの？　それとも人間がすむ土地がきけんなの？」

アリアの問いにエルローズは目をパチクリさせ、今度は溜め息を吐いた。

「もう……エゼキエル様は、アリア様にこの国に住むにあたっての重要なことをお話されていないのですね。確かにアリア様が目の前にいたら、可愛さにメロメロになって大切なことを話し忘れるのでしょうけれど。いえ、『自分が傍にいれば大丈夫』だと思っているのかも」

と、ブツブツ言い始める。

「エルローズ。じゅうようなことってなに？　おしえてください」

「そうですね。エゼキエル様が伝え忘れているようですので」

エルローズは四つの足を揃え、背筋を伸ばしシャンと座り、目の前に立つアリアに教える。

「レスヴァ連合国は、魔物の国です。様々な種族が州を作り住んでおります。それは教わりましたか？」

アリアは頷く。

「その州には人間が住んでいることも少なくありません。そして、その人間のほとんどが国を追われた者たちなのです」

「……はんざいしゃ？」

「そうですね、大抵そうです」

「……じゃあロイは、はんざいしゃ？」

あの柔らかな笑みを浮かべる彼が、罪を犯したのだろうか？　信じられなくてアリアは眉間に皺を寄せる。

「アリア様の住んでいる場所は『大統領区』と呼ばれておりまして、種族にまとまらず様々な種族が住んでおります。そして、レスヴァのトップが住む場所でもありますので、大統領区に入るには厳しいチェックがあるのです。もちろん、犯罪歴のある人間は住むどころか入ることとさえ許されません」

「じゃあロイは、はんざいしゃじゃないね！」

安堵にアリアの顔が輝く。もちろん、エゼキエルのように魔力を放出したリアルの輝きではなく、そう見えるだけのほうだ。

「ええ、そうです。わたくしもホッとしましたわ」

と、言うとエルローズはその場で人の姿に変化した。

裸になるのかとアリアは両手で目を覆ったが、ちゃんと服を着た状態で人になったのでビックリする。

「おようふくきてる！　どうやったの？」

「変化するときに、着てるものも一緒に変化させるのですよ」

フフフ、とエルローズは優雅に笑う。

「すごい！　アリアもできるようになるかな？」

「きっとお出来になりますよ」

「これから、れんしゅうするので、おしえてください！」

アリアはエルローズにペコリ、と頭を下げる。対してエルローズは悩んでいるようで頬に手を当てる。

「わたくし、エゼキエル様から『マナー講習』のみをお願いされていまして、魔力の扱いに関しては……。おそらくエゼキエル様本人が、アリア様にお教えするつもりではないでしょうか？」

「……そうなんだ」

アリアはがっくりと肩を落とす。それを見たエルローズは「どう慰めたら？」という表情でアリアを見つめた。

「お話中、失礼いたします」

そんなアリアに声をかけてきたのは執事のエルフだ。名前はステン。美男美女の多いエルフらしく、美男子だ。ただし、中年の姿だが。

「エゼキエル様からアリア様にプレゼントがございます」

「プレゼント？」

「はい」

こちらへ、とステンが誘導するので、アリアはエルローズと手を繋いでついていく。

案内された場所は一昨日、エルローズとお茶をした豪華なガゼボで、そこに待機していた顔を見てアリアは驚いて名前を呼んだ。

「ロイ！　ロイだ！　エルローズ、ロイがいるよ！」

そこではたと気づき、気まずい表情でエルローズを見上げた。

（……ぜんっぜん、ファーストレディの態度じゃない）

あれほど「立派なファーストレディになる」と誓ったのに。すぐに忘れてしまう。

「ご、ごめんなさい」

「アリア様、いいんです。わたくしも初日に張り切りすぎて反省していますの」

「でも……パパは大統領だから、アリア……あたしはちゃんとしないと」

エルローズはアリアと目線が合うように座る。

「実はマナー講習初日、アリア様が寝たあとエゼキエル様とお話をしたのです」

いつのまに？　ずっと一緒に寝たのかと思っていた。

（熟睡してた！）

色々あって疲れていたから、エゼキエルが途中で抜け出したのに気づかなかったのか。

「『アリアは急に環境が変わったばかりだ。それにずっと自分を抑えて生きてきたらしい。娘が心の底から安心して、泣いたり笑ったり我が儘言ったり……普通の子供と同じようになるまでマナー講習は待っていてくれないか』と」

「でも、パパがエルローズにお願いしたんでしょ？」

「ええ。でも、アリア様のご様子を見て『もう少し先で』となったんです。アリア様はご自分のことを時々、名前で呼ばれるそうですね？」

うん、とアリアは恥ずかしそうに頷く。どうしてか「わたし」「あたし」ではなく、「アリア」と言ってしまう。

どうしてなんだろう？　と、アリア自身も謎なのだ。

「ご自分の名前も、エゼキエル様と初めてお会いしたときに知ったと聞きました。アリア様は自分の名前は『アリア』だと、無意識に慣れようとしていらっしゃるのかもしれません。お名前にも慣れていない、変わった環境にも慣れていない状況で色々と詰め込むのは酷だと、わたくしも思い直したのです」

「そう、なんだ……」

エルローズに言われ、腑に落ちた。短い間に人生に関わる事が色々と起きて、小さいアリアはまだ混乱しているんだ、と。

知らなかった名前まで教えてもらって、環境も激変して本当に自分は『アリア』なのか怖くて確認するために、自分で自分の名前を呼んでいるんだ。

（大人でも急変した環境に戸惑うけど、まだ五歳のアリアには天地がひっくり返る出来事だよね）

「じゃあ、エルローズはもう来ないの？」

「そうですね、何かのお呼ばれの際にはお会いできますけれど」

それは寂しい、とアリアは思った。エルローズはマナーに厳しいけれど、できればちゃんと褒めてくれる。自分を見る眼差しだって、とても優しい。

それに――アリアはエルローズに抱きつく。

「えっ」とエルローズのほうが驚いていた。

「エルローズは、とてもいいにおいがするの。パパとちがう、あまいにおい」

「同じ種族でも、性別で少し匂いが違うかもしれません」

「ママもあまいにおい、してたのかな、って思う。エルローズのにおい、すき」

「……そうですの。そう……」

エルローズの腕が小さなアリアの体を抱き締める。さらに密着して、父と違う柔らかな感触にアリアは気持ちよくなった。

「エルローズはお姉ちゃんみたい」

「ふふ、そうですわね。わたくしはアリア様のお姉様のような存在かしら」

「お姉ちゃん、ほしい！『お姉ちゃん』って、よんでいい？　これからは『お姉ちゃん』としてあそんで。だって会えなくなるの、さびしい」

「アリア様さえよければ」

「もちろんです！」

アリアは、今度はきちんと丁寧語を使って答えた。

「さあ、ロイを待たせていますから、行きましょうか」

「はい！　エルローズお姉ちゃん」

ふふ、と互いに顔を合わせ笑顔を作ると、手を繋ぎロイの待つガゼボへ急いだ。

ガゼボに設置されているテーブルには、既にたくさんのお菓子が並べられていた。

数種類の果物を載せたタルトに、クリームを挟んで巻いたロールケーキ。ココア色のスポンジケーキにチョコレートを流したもの。お茶のお供のスコーン各種にクッキーやパイ。ババロアにプリン。昨日買ったショートケーキにモンブランもある。

「ふわぁ……っ、これ、どうしたの？」

つばを飲み込みながら尋ねたアリアに、ロイは笑顔で答える。

「実は昨晩エゼキエル様からご連絡いただきまして『ときどき、我が家でアリアのためにお菓子を振る舞ってほしい』とご依頼を受けたんです。それで今日がちょうど休店日だったので、こうして店の菓子を持って参上した次第です」

「パパ、グッジョブ」

アリアは親指を立てる。

「わたしもついでですから、菓子の作り方のご教授をいただきました」

と、ロイの傍にいたトンペーさんが頭を下げた。

「僕も店があるので頻繁には参上できませんから、トンペーさんが作っていただけるととても助かります」

「いえいえ、こちらこそ。職人の技を快くご教授いただいて、感謝のしようがありません」

「とんでない！　トンペーさんはとても筋がいいし、ちょっと教えただけですぐ作れたじゃありませんか！　すごい才能だなって感心しました」

「いえいえ、それはロイさんの教え方がいいからですよ」

「とんでもない！　トンペーさんの――」

「もういただいていいかしら？」

お互いの褒め合いっこが途切れないので、アリアは待ってる間にも涎がダラダラで飲み込んでは、また涎と必死だ。

そんなアリアを見て、痺れを切らしたエルローズが口を挟んだ。

「これは失礼しました！　アリア様、プリンとババロア、そしてゼリーはわたくしめが作りました。どうぞご賞味ください」

トンペーがささっと、皿にとりわけアリアの前に置く。その間にミルがエルローズに紅茶、アリアにミルクを用意する。

「ふわぁ……」

アリアは声を漏らさずにいられなかった。

たくさんの種類のお菓子が今、目の前にある。

「まずはロールケーキにイチゴのタルト、二種類のゼリーです」

「おかわり、していい？」

「もちろんですよ。食べきれなかったら時を止める魔法で保存しておきますので、食べたいときに仰ってください」

トンペーが自慢気に告げた。

「『時を止めるまほう』……トンペー、まほう、つかえるんだ」

魔法と聞いてアリアのケモミミがピクピクと興味深そうに動く。

「はい。わたしの『時を止める魔法』は静物で小さな物のみですが、持つ魔物はなかなかない魔法なのです。この魔法を持っているからこそコックの道を選んだのですよ。生命反応がない個体、いわゆる肉や野菜、果物など腐ることなく保存できるのです。もちろん、作った食事もです」

「おもしろーい。エルローズお姉ちゃんも、持ってるの？」

「わたくしは『雷』の魔法が使えます。個人個人で持って生まれた魔法があって、それは種別関係ないの。でも、持って生まれてこない者もいるのよ」

少しくだけた話し方で接してくれるエルローズに、アリアはちょっと嬉しくなりながら尋ねる。

「……アリアにも、もってるまほう、あるのかな？」

アリアは自分の手を見つめる。

父はフェンリルで母は聖女だった。どちらかの力が発揮されればいいなあと思ってるが、自分自身が生まれ持つ魔法まであるんだと感心した。

「さあ、食べましょう。わたくしも食べるのは初めてなの。絵で見たことはあるけれど、実際に見るとこんなに綺麗なものだとは思ってもみなかったわ」

エルローズが嬉しそうに言う。心なしか、はしゃいでいるようにアリアには見えた。

「エルローズお姉ちゃん、楽しそう」

そう言うと、エルローズは微かに頬を染める。

「え……そ、そう見える？　だってわたくし、綺麗なものって好きなんですもの」

「アリアも！　大すき！」

「アリアも？　一緒ね」

「いっしょ！」

ふふ、と笑い合う。それからゼリーを一口食べて冷たさと甘さ、そしてプルプルと口の中で震えながら喉を通っていく感覚に感激する。

それが引き金となってアリアはババロアやプリン、カップケーキにエクレア等々……たくさんの種類をおかわりした。

「おなかいっぱい……もう食べられない」

アリアは背もたれに寄りかかりお腹を擦った。五歳の幼児体型はパンパンになったお腹を皆に如実に披露する。

少々恥ずかしいが自分は五歳だ。それにこの世界の魔物たちは、子供でも食べる量が半端じゃないことを昨日、セリヌス街へ行って知った。

（このくらいなんともないよね、きっとすぐに消化されちゃう）

なんて思いながらお腹を擦る。

実際、エルローズもトンペーもミルもアリアのぽっこりしたお腹を見ても「よく食べたね」と言わんばかりの顔で、ニコニコしているだけだ。

ただ一人、ロイだけが冷や汗をかいているが。

エルローズは口をナフキンで拭いながら、

「とてもいいお味だったわ。トンペーもロイもご苦労さま」

と、ねぎらいの言葉をかける。

アリアもエルローズの真似をして労う。

「トンペーありがとう！　ロイも、おいしいおかしを持ってきてくれてありがとう！」

「お気に召してようございました」

「はい、またお店にきてくださいね」

「いくいく！　ぜったいに行く！……」

元気よく返事をしたアリアだが、残っているケーキをジッと見つめ考え込んでしまう。

残っているのは焼き菓子ばかりで、生ケーキは残っていない。それはアリアとエルローズが、もりもり食べてしまったからだが。

エルローズもエゼキエルよりずっと小さいがフェンリル種、そして魔獣だ。よく食べる。二人で満足いくまで食べて、満腹になってからアリアはハッとした。

「パパの分……のこしてなかった」

自分の失態に肩を落とす。

「焼き菓子が残っておりますので、それを一工夫して夕食のデザートにお出しします。だからご安心ください、アリア様」

トンペーが励ますように提案する。

「うん、でも……」

お菓子が大集合して興奮してしまい、心の赴くままに食べてしまったが、こうしてお腹を満たすと、この場にエゼキエルがいないことに残念だと思う気持ちと寂しいという思いがごちゃ混ぜになる。

それに、こうした場を設けてくれたエゼキエルにお礼もしたい。

「……パパにおかしをプレゼントしたいな、アリアが作ったやつ」

ぽつり、と呟く。

そうだ、前世の記憶があるしできるだろう。パイやタルトとか作ったことがあるし。

それに、目の前にパティシエのロイにコックのトンペーがいる。分からない部分は彼らに聞けばいい。

（うん！　体は小さいけれど大丈夫。作り方を覚えているもん！　できる！）

「ロイ！　アリアにケーキの作り方、教えて！　パパに食べてもらうの！」

◇　◇　◇

「そ、そんなはずにゃあ～……」

アリアは全身粉まみれになったまま、調理台の前で呆然としていた。

もちろん調理台は高くて背が届かないので、踏み台の上に乗っている。

そして、目の前に広がっている調理台の惨劇に、目を逸らしたくなってしまう。

だけど、これが現実なのだ。アリアとして生を受けたときからの――。

――時を遡ること半刻前。

アリアはエプロンドレスに着替え、ケーキ作りに挑んだ。

まずはロイの指導の下、卵を割る。

（楽勝楽勝）

と、コンコンと殻にヒビを入れようとしたら――力を入れすぎて割ってしまって、中身が調理台に溢れた。

何度やってもうまく割れず、代わりにロイが卵を割ってくれた。

その後、グラニュー糖を入れて混ぜる作業を任せてくれたが、かき混ぜた途端、力の加減ができなくて周囲に飛び散った。

では、粉をふるおうと、最初ロイが手を添えて教えてくれたのでその通りにやったのに――。

（ロイの教えてくれた通りにやったのに……いやいや！　前世ではこのくらい楽勝だったでしょ？　なのに……この惨状は何？）

粉ふるいで下のボールにふるった粉を落とすだけの簡単なお仕事のはずなのに、ふるった粉は下のボールに落ちず、なぜか調理台だけでなく、それを越えて周辺の床にも散布された。

呆然としていたのはアリアだけでない。ロイにトンペー、それに付き添ってきたエルローズもだ。皆粉だらけになった。

「ご、ごめんなっ……さっ……」

何もかもできない。卵も碌々割れないし、混ぜることも粉をふるうことも下手くそ。

「アリア様はまだお小さいですから、ちょっと難しい作業だったかもしれませんね」

一番早く現実に戻ったロイが、体中の粉をはたきながら笑う。

続いてトンペーもエルローズも苦笑いをしながら「そうですよ」「落ち込むことないわ」と励ましてくれる。

しかし、アリアはショックから抜けきれなかった。

（もしかして、もしかしなくてもアリアって不器用ーーーーーー!?）

そう考えれば今までのことが全てつじつまが合う。そう、チキンが空を飛んだ件だ。いくら今まで犬食いをさせられていたとしても、いくら今まで躾がされていなかったとしても、フォークからチキンが逃げて空へ還るはずがない。

目標物目指してフォークを刺したのに、どうしてそれから逃げるのか不思議でしかたなかった。

チキンは、自ら逃げてはいなかったのだ。

――自分が目標物を刺そうとして外していたのだ。

（わ、わたし目がおかしいの？　それともこの手が、やろうとしていることと微妙にずれた事をしようと？）

確か、鍬は持てていたし、それで畑だって耕していた。

（……もしかしたら「グズ」「のろま」じゃなくて『不器用すぎて何度もやり直していた』系？）

記憶を引きずり出して思い浮かべてみると……

（……うわぁ、真っ直ぐに耕してないよ……。井戸から水を汲んできても桶から思いっきり水跳ねちらかして、家に辿り着くまでに半分になってる……）

水拭きすればビショビショ。洗濯すれば絞りすぎてボロボロ。草刈りすれば植えた花も刈る。

（ええええええ）

アリアは思い出して、自分の出来なさに愕然（がくぜん）とする。

いや、自分は五歳。重たい水を運べばやっぱり溢れるし、真っ直ぐに耕すのだって大人だって難しくない？　だって鍬や鎌だって大人用だったし、と自分に言い訳してみる。

でも、何度も、毎日繰り返している作業なのに、ぜんっぜん上達していない。いくら子供でも、慣れて少しは上手くこなせてもおかしくないでしょ？　と思い直す。

（どういうこと？）

ここはファンタジーだ。もしかしたら実はこの手は自分の手じゃなくて、誰かの手かもしれない。いつの間にか本当の手の持ち主から奪って……。

（わーーー！　それじゃあホラーだよおおおお！）

大パニックになって、目から涙がポロポロと溢れ出た。

「うぇ、うぇぇ……っ、できない、できないよぉ……どうしてぇ？」

よしよし、とエルローズがハンカチで涙と一緒に粉も拭いてくれる。

「まだ小さいのですから、できなくても当たり前ですよ。むしろ一度で出来るほうがおかしいんですから」

「そうですよ、少しずつできるようになりましょう。焦ることはありません」

ロイもトンペーも、粉をはたきながら慰めてくれる。

慰めてもらえばもらうほど自分の情けなさが哀しくて、涙が止まらなかった。

「できると思ってたのに……パパにケーキ作ってプレゼントしたかった……」

「アリア様」

と、しゃがんで目線を合わせてくれたロイが言った。

「一つずつ、できるようになりましょう。何が悪かったのかそれに気づけば、すぐに上手になります」

「ロイ……」

「完璧じゃなくてもいいんです。そうだ、ケーキは難しいから、もっと簡単なお菓子を作りましょう」

「かんたんな？」

確かに作ろうとしたショートケーキはスポンジを上手く焼くのが勝負だ。土台が上手くいけば、そこそこ美味しくできる。

その、一番難しいスポンジケーキを抜きとしたお菓子と言ったらなんだろう？　とアリアは首を傾げる。

「フレンチトーストなどはいかがです？」

「フレンチトースト！」

ロイの提案に、アリアは顔を明るくする。

（そうだ、フレンチトーストなら果物と生クリームにソースを使えば豪華だし、ミルクと砂糖を加えた卵液にパンを浸しとけばいいから、ホールケーキを作るよりずっと簡単！）

「フレンチトーストにする！」

泣き止み、笑顔で応えるアリアに皆ホッとしている。心配させてしまったとアリアは後悔する。

やはり小さい分、泣くのを堪える（こら）ことが難しいのだろうか？

（奴隷としてこき使われていたときは、どんなに痛い目に遭っても泣かなかったのにな……）

そこは不思議だ。父と会えてこの屋敷にきてまだ数日しか経っていないのに、笑ったり喜んだりと心のままに体も表情も動く。ちょっと感情を抑えた方がいいんじゃないかと思うくらいに。

「ごめんなさい、ないちゃった。もうなかない」

「子供は、このくらいが当たり前です」

とトンペー。

「そうよ、アリア。そんなことで謝らなくてもいいの」

エルローズも、そう言いながら頭を撫でてくれる。

周囲を見渡せば、見守っていた調理人たちやミルも笑みを浮かべながら頷いている。

(優しい、なんて優しい世界なんだろう)

加藤葉月の頃に味わった、下卑た笑いを見せながらからかう者などここにはいない。

奴隷時代に経験した、失敗したら罵倒しながら叩くような者もここにはいない。

素でいたっていい、失敗したっていいんだ。心がふわりと軽く、温かくなる。

「……うん」

アリアは、ここに来られたことに感謝しながら皆に笑顔を向けた。


「今日は果物を剝く練習までにしましょう」

掃除をしたあと、ロイが仕切り直して基礎から始めた。

子供用の包丁があるというトンペー情報で切る練習は後日にして、今日はもう『果物の皮を剝く』という練習から始めた。

(果物の皮くらいなら……)

と勇んでバナナの皮を剝いたら、真ん中で折れてしまった。じゃあイチゴのヘタは、というとヘタを掴んで抜こうとした途端、苺を潰してしまう。

真っ赤に染まった手のひらを見つめながら呆然としていたら、ロイが改善点に気づいたようで「なるほど」と頷いた。

「上手くやろうとして、力が入りすぎていますね」

「力……入ってる？」

自分では軽く掴んでいるつもりなだけに、アリアは首を傾げる。

「多分、お嬢様が思っている以上に力が籠もっているんだと思います。無意識に」

ロイがアリアの手を拭きながら話す。

「お嬢様、僕のほっぺたに触れてください。そっとね」

「う、うん」

ペチッ、と音をたててアリアはロイの頬に触れる。

「うーん、僕のほっぺたの感触がわかるくらいに優しく撫でてください」

言う通りに、そっとそっと撫でる。

「どう感じます？」

「ええと、ロイのほっぺた、スベスベ～」

男の子なのに、こんなスベスベでいいんか？　と思うくらいだ。それに人の男性の頬なんて触れるのも初めてで、小さい胸がドキドキする。

（恥ずかしがってる場合じゃない。というか、私は五歳でしょ？　……五歳でもこんな風に胸ってときめくものなの？）

前世の五歳を思い出せないので「これが五歳の感性！」と開き直って、ロイの頬をスベスベと撫でる。

「そうです、手に触れた物の感触を感じるくらいでいいんですよ」

苺を一個持たされて、「もう一度」と促される。

「苺は僕のほっぺたを撫でた力加減で、ヘタを捻りながら……そう、そうです」

プチッとヘタが取れた。こんどは苺は潰れていない。

「できた！　できたよ！　やったー!!」

ワッと拍手喝采が起きる。たったこれだけのことなのに、そこまでされると少々恥ずかしい。

それでもコツをつかんだアリアは、バナナの皮も上手に剝けるようになって鼻高々だ。

「よくできました、お嬢様。では、今度僕が来るまでに毎日一個オレンジの皮を剝いて、トンペーさんに果物の切りかたを教えてもらってくださいね」

「はい！　『どりょくは一日にしてならず』だね」

「お嬢様は難しい言葉をご存じなんですね」

ロイが驚きながら感心している。しまった、と思ったが皆「アリア様は賢いんです」と口々に言い出して「まあいいか」と、誤魔化し笑いをする。

「アリアお嬢様。今日はエゼキエル様に手作りのお菓子をごちそうできませんでしたが、練習してお上手になられたら披露いたしましょう」

「わかった。アリア、がんばる。……あ」

「どうしました」

「パパにはないしょ、にしたい。ビックリさせたい」

話してしまうと、なんだか勿体ない気がした。せっかくだから頑張ってフレンチトーストが作れるようになってからエゼキエルに披露したい。

他にも理由はあるけれど。

「それにパパに話しちゃうと、それまでそわそわしておしごとしなくなりそう」

アリアは「シーッ」と口に人差し指を当てて、内緒の合図をする。

ロイは頬を緩めながら、

「はい、わかりました。皆の内緒にしましょう」

と、了承してくれた。

勿論、調理場にいる皆もだ。

「『パパにフレンチトーストプレゼントだいさくせん』です。よろしくおねがいします」

アリアは「おー」と、片腕を上げた。ロイもトンペーもエルローズも、調理場の皆も一緒に片腕を上げてくれて、その団結感にアリアはとても嬉しくなった。

◇　◇　◇

　ロイは帰って行き、夕食はエゼキエル、それとエルローズを交えて食べる。

「おやつは美味しかった？」「他に何して遊んだ？」とエゼキエルが色々尋ねてきたので、アリアは一生懸命に答えた。勿論、「パパにプレゼントするフレンチトーストの練習をした」は言わないで。

　何度かエルローズと目配せしながらの夕食は秘密を抱いていたので、アリアにとって刺激的だった。

（そういえば……）

アリアはエルローズとエゼキエルを交互に見る。エルローズは間違いなくエゼキエルが好きだ。

　エゼキエルはどう思っているのだろう？

（もしママになったら……？）

なんだろう？　モヤモヤする。エルローズのことは好きだ。でも、エゼキエルと結婚したら自分のママになる。そうしたら素直に「ママ」と言えるだろうか？

（でも、大人同士の恋愛に子供が口を挟むのもなあ……）

黙って見守ってるしかないかなあ、と思いつつ、やっぱり胸のモヤモヤは消えない。

だからエルローズが帰った後、寝る前についエゼキエルに聞いてしまった。

「パパはエルローズのこと、すき？」

「ああ、好きだよ」

と、答えられてアリアは衝撃を受けた。

顔が真っ青になっているアリアを見て、エゼキエルは慌てる。

「『好き』ってもしかしたらアリアは恋愛とか結婚とかの『好き』って思ったんなら違うぞ」

「ちがうの？」

「当たり前だ。エルローズのことは生まれた頃から知っているんだ。パパにとって、妹のようなものなんだ。家族愛に近い『好き』のほうだ」

「アリアのように見てるかんじ？」

「まあ、そうだな。でも、エルローズにはちゃんと両親が揃ってるから、娘と思ったら悪いからなぁ。それにフェンリルの習性だから……」

「しゅうせい？」

「難しかったか？　魔獣にも愛し方は色々あるが、フェンリル族は番（つがい）を決めたら生涯相手を変えないんだ。パパはママのローラのこと、ずっと愛しているんだよ」

「……うん」

狼と同じような習性なのかな？　とアリアは思う。

エゼキエルが一瞬目を伏せたとき、とても哀しそうに見えてアリアはママのことをもっと聞きたかったが、それ以上聞けなかった。

アリアは少し話を逸らす。

「今日からね、『エルローズお姉ちゃん』って呼んでいいって」

「そうか、お姉ちゃんができてよかったな、アリア」

「うん！」

エゼキエルと目を合わせアリアはふふ、と笑う。

笑顔のアリアを見てエゼキエルは目を細め、布団をアリアの首元にまでかけ直した。

「今日もたくさん遊んで疲れただろう、もう寝なさい」

と言いながら。

「明日も、おしごとたくさん？」

「ごめんな、明日はもっと遅いかもしれない。先に寝てなさい。でも、朝は一緒にご飯を食べよう」

「はーい」

「いい返事だ」

額にエゼキエルのキスが落ちてくる。アリアはまた笑顔になると、そのままの表情で寝入った。

明日も修行頑張るぞ、と。

【ロイの決意】

「ありがとうございました、ここまでで大丈夫です」

ロイはそう御者に話しかけ、停めてもらう。

「店の前までお送りしますよ？」

御者の妖魔が親切にそう申し出てくれたが、ロイは丁重に断った。

「いえ、僕の住んでいる辺りの路地は狭くてUターンするとき大変ですから、ここで」

住宅街の中にあるロイの店周辺は、少々道幅が狭い。小型の馬車やリヤカーなら余裕だが、エゼキエルの所有している馬車は横に大きく、また外見も中身もゴージャスな作りであった。

入れるだろうが、反対方向からも馬車が来たらどちらかが下がらないといけなくなるし、先ほど話したようにUターンも難しい。

しかも催事の時にしか利用しないようで、御者も久しぶりに操るとのこと。無理はさせられないとロイは思ったのだ。

「では、また一週間後にお迎えに上がります」

「はい。では、この場所でお待ちしてます」

先の約束を取り付けると、御者は帽子を外し会釈をして去って行った。

「だけどすごかったなあ、馬車」

行きは乗り合いの引き車で向かっただけに、帰りの豪華さに固まってしまったロイだ。

魔物や妖魔が住まうこの国に馬車があったのも驚きだし、内装だって人が乗ってまったく違和感ない造りだった。というより、自分が王家の人間にでもなったような気分で乗った。

足を伸ばして横になれそうな広さに、クッションの利いたふかふかの椅子。それに振動も少ない。

魔物が引く乗り合いの車は当たり外れがあって、揺れすぎて吐きそうになったり乱暴すぎて途中で車輪が壊れたり、また自分が人間だと知って喰おうとしたりと、なかなかハードだ。

大統領区でもこうなのだからきっと、他の区域に行けばもっと人間は住みづらいだろうと思う。

（でも、僕は幸せなほうだよね）

父と国を渡り歩いてきて、辿り着いた場所がこのレスヴァ連合国だった。

最初は人間だということで嫌がらせもあったが、大統領区に店を構えてからはそうそう嫌がらせは受けなくなっていた。

今回のことで大統領とその娘さんと懇意だと周囲が知れば、嫌がらせされる回数もグッと減るだろう。

魔物だって、大統領でフェンリル王であるエゼキエルを敵に回したくないはず。

（それに可愛い魔獣さんにも出会えたし）

フェンリルと人のハーフで、いわゆる半獣人だというアリア。人の血が入っているせいなのかそれとも元々なのか、人間のロイでもビックリするほど可愛い女の子だった。

行方不明でエゼキエル大統領がずっと探していた娘で、ようやく見つかったときは深夜、国中が喜びに沸いた。

（人間がアリアお嬢様を捕まえて魔法で縛って奴隷にしていたなんて……いや、人間だからこそ、時に残酷なことをする）

父が同じ人間に嵌められて追放されたように。

ロイは過去を忘れるように息を吐き出すと、背筋を伸ばし真っ直ぐに前を歩く。

「僕はパティシエになったことを後悔しない。今の僕にとって大切なのはお店を継続させて、お菓子を作り続けること。そして、アリアお嬢様のお菓子の先生になることだ」

自宅である店の前まで辿り着くと、鍵を開けるためにポケットに手を突っ込む。

不意に後ろから肩を叩かれ、ロイは不審に思いながらも後ろを振り向く。

そこには長い耳をフード穴から出している魔獣と、短い角を生やした肌の黒い妖魔がいた……。

◇◇◇

朝、エゼキエルと朝食を食べて送り出したアリアはさっそく厨房へ向かおうとしたが、メメに止められてしまった。

「アリア様は大統領の娘なんですよ。わかっておいでですか？　菓子作りより先に習うべきものがあるんです」

なんて声高に責めるような言い方をされてしまい、アリアは萎縮してしまった。

「でも、アリアはパパにフレンチトーストを食べさせてあげたい」

「そんなものは、アリア様がコックに言って作ってもらえばいいんです。アリア様は指示する側なんですよ？　上手に使用人を使うということも大事なことなんです」

メメの言うこともわかる。きっと身分の高い人たちは自ら調理なんてしないだろうし、もしかしたら厨房にも入らないかもしれない。

でも――

「昨日、決めた。パパにプレゼントするって。だから――」

「アリア様！　聞き分けのない！」

ビシリと言われて、アリアは俯いてしまう。厳しくて大きな声は苦手だ。

いや、怖い。スカートを握りしめてしまう。それを見たメメはさらに興奮して声を上げた。

「アリア様、皺が付きます！」

驚いてアリアはスカートを離す。

「……まったく、これだからまともに育ってこなかった子供は……」

メメがぼそりと言った言葉を、アリアは聞き逃さなかった。

(好きでそう育ったわけじゃないのに……酷い……)

メメに自分のことを蔑む資格なんてない。メメの言う言葉を借りれば自分はメメの主人で、彼女は従う立場だ。

なのに、どうして主人に言ってはいけない言葉を投げてくるんだろう？

したくないのに、ふるふると手が震える。目に涙が溜まってくる。その様子を見てメメは今度はしゃがみ、なだめるように言い聞かせてくる。

「これはアリア様のためなんですよ？　アリア様がファーストレディとして恥ずかしくないようにと、私は進言しているんです」

アリアは目線の高さを合わせたメメの顔を前髪の間から垣間見て、唇を噛んだ。

――うっすらと笑っている。

（この笑い方はよく知ってる……。人を蔑んだ笑い）

勝手に自分より格下と見て「あなたのため」と言いながらも、馬鹿にしている顔だ。

「メメ、ちょっと。止めなさいよ」

ミルが焦った口調でメメを止めているが、逆に言い返している。

「貴女もアリア様を甘やかしているんじゃないわよ。というか、屋敷の皆が甘やかしてるからつけあがってるでしょ？　躾も何もできない娘なんて、エゼキエル様が恥ずかしいじゃないの」

確かにそうだ。メメの言い分は正しい。今のままだとエゼキエルが恥ずかしい思いをする。だから「立派なファーストレディ」になると誓った。

（でも、メメの表情を見たらとても『私を思って言ってる言葉』じゃない。ただ、反論できない言い分で屈伏させようとしているだけだ。どうしてメメがそんなこと考えるのかわからないけれど……）

「アリア様、そんなにお菓子を作りたかったら、まずは相手に指示をするやり方を覚えましょう。わたしが教えて差し上げます。これでも、上級マナーを学んでおりますので」

「で、でも……」

「さあ」

アリアの手を強引に握り、部屋に引っ張っていこうとする。アリアは戸惑い、ミルに視線を送る。ミルもビックリしてメメを引き止めた。

「メメの役目は違うでしょう。エゼキエル様に言われてないのに、勝手な事をしては駄目よ」

「エゼキエル様だって、マナーを覚えたアリア様を見れば考えが変わるわよ」

ミルの制止もきかない。引っ張って足早に歩くのでアリアはつっかえながら歩いて行く。

（どうして？　足を止めて手を払えばいいだけなのに。……怖い、怖くてできないんだ）

この手を払えばいいのに、払えない。

メメが、かつてアリアを奴隷として扱ったあの人間の夫婦に見えた。

（……助けて、助けて……誰か……）

「そこの兎、アリアの手を離しなさい」

厳しい声が響いた。その威嚇（いかく）するような声にメメが「ひっ」と短く声を上げ、アリアの手を離す。

ている。
エルローズだった。怒りを顔に載せ、珍しく足を広げ腰に手を当てメメに睨みを利かせ
「エルローズお姉ちゃん」
アリアは乞うようにエルローズに向かって走っていく。エルローズも手を差し伸べてア
リアを受け止めてくれた。
そうしてアリアの頭を撫でながらメメにもう一睨みする。メメはその視線に金縛りにか
かったように立ち尽くし、ガタガタと全身を震わせていた。
「なぜ嫌がる主人をそうして無理矢理引っ張っているのかしら？　ステン、メイドが勝手
にしていることを許しているの？」
エルローズが言うと、傍にいた執事のステンが残念そうに首を横に振る。
「とんでもございません。わたくしも今、気づいたところです。……これはゆゆしき問題
です」
「仕事中だけど、この一件はすぐにエゼキエル様に報告してちょうだい。それからメメは
どこかに閉じ込めておいて」
「わ、私は、ア、アリア様のためを思って……っ」
「黙りなさい」
メメが体を震わせながらも懸命に弁明しようとしたが、エルローズはぴしゃりと止める。

「メイドとしての仕事は何？　それになぜ、お世話するべき主人を乱暴に扱っているの？　嫌がっている主人に何をするつもりだったのかしら？　まさか、貴女（あなた）が『躾』とか言わないでちょうだいよ？　『躾』は、貴女がやるべきものではないわ」

「……聞いていた？　んです、か……？」

「途中からね。ステンとしっかり聞いていたわよ」

頷くステンを見て、メメは何か聞こえないように呟いていたが、エルローズの耳には届いたようだ。

「聞こえてよ。フェンリルの耳は聞こえが良いのをお忘れ？　『こっそり聞いてるなんて嫌みな奴』なんて言うけれど……つくづく自分の立場をわかっていないようね」

「エ、エルローズ様はマナー講習の先生なのに、アリア様がちっともマナーがなっていないからです」

とうとうメメが反論した。もともと赤い目を、ますます真っ赤にしている。

「マナー講習は先送りになっただけ。まずはこの環境にアリアは慣れないといけない。アリアを見てそれに気づいたから、エゼキエル様や私はうるさいことを言わないだけよ。屋敷の皆もそう。今は温かく見守ろうとしているだけ。メメ、貴女だって聞いているはずよね？　ステン、どうなの？」

「はい、朝礼で伝達事項として使用人たちには話しております」

「メメはそれに逆らったのね？　逆らう理由は何？」

エルローズの問いにメメは俯いて黙り込んでいる。答える意思がないと見て、エルローズはステンに目配せをした。

メメは周囲に控えていた従僕たちに押さえられ、どこかに連れて行かれた。

よく見れば、従僕含む使用人の半数はフェンリルだ。

（……メメを連れて行ったの、フェンリルだ）

捕食されないかアリアは心配になった。表情に出ていたのだろう、エルローズがしゃがんで心配そうに尋ねてくる。

「アリア、怖かったでしょう。でも、もう大丈夫よ。今頃、エゼキエル様にご報告がいっているでしょうし」

「う、うん……。でも、エルローズお姉ちゃんがたすけてくれたから」

心配の種がずれているが、おそらく捕食はしないだろう。父がいるから、黙って捕食なんてしないはず。それに魔獣で食料の獣じゃないし。

そこまで思ってアリアは内心、首を傾げる。

――魔獣は魔獣を食べるのかな？

食べる食べない、なにだったら食べるとかいう境界がわからない。

もしかしたら頭だけ獣だったら、頭だけ食料になるのかもしれない。考えたらホラーだ。

本当にそんな現実があったら、ここはファンタジー少女小説じゃないなとアリア。

想像するの止めよう、今はもっと考えなくちゃいけないことがあると、アリアはその疑問を一旦終了にした。

ちょっと自分の世界に入ってしまっていたアリアに、エルローズが眉尻を下げてジッと見つめている。

「わたくしが来る前に、よほどきついことを言われたのね……」

「でも、もうへい気」

目の前に煌めいているケモミミがいる。アリアはそれだけでにんまりしてしまう。

「エルローズお姉ちゃん、今日はどうしてきたの？」

そっちも気になっていたので尋ねると、エルローズはポシェットから布にくるまれた物を出して、広げてみせる。

——それは包丁だった。

丸みがあり、また刃は記憶にあるものと少々違う。

「子供用包丁よ」

「これが子供用のほうちょうなんだ……でも、どうしてお姉ちゃんが？」

「わたくしの姪っ子も以前に欲しがってね。購入したのを思い出したの。だから今日、そのお店が開いたと同時に行って購入してきたのよ。子供用に安全に使えるよう作った包丁ってそうそう売ってないから、あったらすぐに購入しないとって」

ウフフ、と得意顔で話す。

「うわーっ！」

アリアは目を輝かせ包丁を手に取ろうとしたが、エルローズが慌てた様子で避ける。

「いけません、アリア。そんな勢いに任せて掴もうとするなんて。いくら大人が使う物より安全にできているとはいえ、切れることは間違いないのですから」

「めっ」と叱られて「ごめんなさい」と、アリアはしおしおとなる。

（そうだった。嬉しくて興奮したまま包丁を握ろうとしちゃった。気をつけないと）

何せ大人の記憶はあるし、奴隷だったこともあるけれど、なんにでも興味津々になる五歳児なのだ。

でも、メメに怒られるよりずっとずっと怖くない。だって、アリアのためを思って叱ってくれているのがわかるから。

大人の記憶があるからわかるわけじゃない。きっと前世の記憶を思い出さなかった五歳の子供だって、メメとエルローズの違いがわかる。

アリアは見上げると、しっかりとエルローズに言った。

「じせい、する。エルローズお姉ちゃんが包丁持って。それでちゅうぼうにいく。そこで包丁の使い方、ならう」

「そのほうがいいわ」

エルローズもニッコリ笑って頷き、アリアと手を繋いだときだった。

「アリアーーーーーーーー！！」

「パパ？」

エゼキエルの雄叫びに、エルローズは急いでポシェットに包丁を隠す。

凄まじい勢いでこちらに向かって走ってきて、宙に体を躍らせるとそのままアリアを抱き締める。

勢いが過ぎてピカピカに磨かれた大理石の床を滑り、抱きつかれたまま壁にぶつかる。

ぶつかった際にエゼキエルが盾になってくれたが、アリアは面食らった。

仕事を放り投げてきた父は半泣きでいる。大の大人が飛び込んできた上に泣いていると、ちょっと、いや相当引いてしまう。

「あああああ、アリア～。すまなかった、本当にすまなかった。メメに意地悪をされていたとは！　気づかなくてすまない！　もう大丈夫だからね？　悪い兎さんはアリアに近づかせない。ガジガジしてお屋敷からポイしてあげるから、もう何も心配はいらないよ？」

「ガジガジしてポイ……」

（やっぱり頭からガジガジして食べてしまうの？）

骨だけになったメメが屋敷から放り出される場面を想像して、アリアは血の気が引く。

「パパ、あのメメは食べられちゃうほどのはんざいをしてないので、もっと軽いしょ分にしてください」

思わず丁寧語を使ってしまう。それほどエゼキエルの表情が怖かったからだ。

「いや！　メメはこちらが頼んだ役目以外のことを、勝手にしようとした。それだけではない、自分の価値観でアリアをおいつめようとした」

そう言われると、言葉に詰まってしまう。確かに自分の言い分を全て却下し、ごり押ししようとしていたけれど、それは萎縮して途中で言えなくなって、手も払えなかった自分にも非があるように思えた。

「アリアが大とうりょうの娘らしく、きぜんとしたたいどで、メメにちゅういすればよかった。でもそれができなかった。エルローズお姉ちゃんが、かわりにしかってくれたけど、ほんとうは、アリアがいわなくちゃいけなかった。だからアリアもちょっと、わるい」

「アリア～、アリアは大人だなあ、難しい言葉も使って……。しかも相手を思いやれる」

アリアは床に座り込んでメソメソしているエゼキエルの頭を、なでなでする。

「メメはたぶん、ほかのしごとしたかった、と思う。アリアのメイドじゃないの。だから、メメをガジガジしないでお話、聞いてあげて？」

「パパは……したくないな。今、話をしたら頭からガブリとしそうだ」

眉尻を上げてムゥとしているエゼキエルを見て、アリアは「子供か？」と思った。

だが、さすが五歳児で思ったことを口に出してしまう。

「パパ、子供みたい」

グッ、と喉の詰まる音がエゼキエルから聞こえた。それから咳払いをしながら、

「話ができないものはできない。だけど、他のものたちに詰問をしてもらって、メメがどうしたかったのか聞いてもらおう」

と言った。

(カッカと頭に血が上っている状態でここまで譲歩しているのだから、いいかな)

「うん、それでいい」

そうアリアは笑った。

今はエゼキエルに内緒にしているプロジェクトも進んでいる。とにかくパパに昼間はしっかり仕事してもらわないと、こっちが活動できない。

それにメメは苦手だけど、殺すとか怪我をさせるとか物騒なことを思うほど嫌いでもない。まだ短い接触期間で、メメを理解していないのもあるから。

ただ――。

(厨房に行こうとしたのを止めた、とか言われちゃうと……まずい、すんごく、まずい)

エゼキエルのことだ。「一体どうして厨房へ?」と自分に尋ねるだろう。自分が口を割らなかったら近い者、エルローズ、ミルやハル、トンペーにステンから聞いてくるだろう。

エルローズは大丈夫だろうけど、あとはわからない。いや、使用人の立場からして口を割ってしまう可能性が高い。

（ああああ、どうしよう……）

ぐるぐるしてる。

解決策を考えるにも思いつかない。頭の中が回ってる。

「エゼキエル様、会議が中断したままで……」

と耳打ちしてきたのは、以前会った灰色フェンリルのガイズだった。

ガイズも人化（じんか）しており、浅黒い肌と灰色の髪が個性的な青年に様変わりしている。

「パパ、おしごと、がんばって」

「ああ……もう行かないと……ああ、もっとアリアと一緒にいたい……」

嘆いているエゼキエルをガイズが引っ張っていく。アリアは手を振って見送ったあと、ガクリ、とその場に座り込む。

「ききです……メメがプロジェクトをパパにしゃべってしまうかも」

「大丈夫でしょう」

そのときエルローズが、そう言ってきた。

「詰問する相手はフェンリル族だろうから。わたくしが、プロジェクトに触る部分は省（はぶ）いてエゼキエル様に報告するように話しておくわ」

任せてと言わんばかりに、にっこりと極上の笑みを見せてくれる。
アリアの目には、背中に白い翼を羽ばたかせているエルローズの姿が見えた。
（ケモミミ、尾っぽ付き天使……尊い……）
「エルローズお姉ちゃぁぁぁぁぁん」
アリアはポスンとエルローズに抱きついた。
――しかし、アリアの心配もエルローズの根回しも必要がなかった。
メメは軟禁されていた部屋から、逃げ出してしまったのだ。

第八章　アリア、覚醒

「フェンリルに詰問されるのが恐ろしくて、逃げ出したのだろう」

というのがエゼキエルの見解であった。

草食系から進化した魔獣の種族は、どうしても肉食の魔獣に畏怖を感じるらしい。

それでも互いに普通に生活していれば、そういった恐怖感も薄れてくる。実際に捕食することなどないからだ。

魔獣はどうやって獣から進化したのか分かっていない。研究対象の一つとなっている。

それでも、殺気を漂わせた肉食系の魔獣と出会うと体のどこかで先祖の血を思い出すのか、昨日のような敵意を向けられると『食べられてしまう恐怖』に駆られてしまうのだという。

(だからエルローズお姉ちゃんに対して半泣きになっていたんだ)

しかもエゼキエルの方は、捕食する気満々だった。

「実際には食べる気なんてなかった」

なんて言ってるけど、食べる気満々というオーラがダダ漏れしていたのをアリアは覚えている。

(だからメメ、脱走したんだろうなぁ……)

解決しないまま、この件は締められた。

◇　◇　◇

それから一週間が経った。

アリアの秘密特訓は遅い歩みではあるが、それでも少しずつできることが増えていき、自分でも成長を感じるようになってきた。

果物を剝くことから始まって、それから殻を入れないよう卵を割ってボールに落とす練習。

卵をボールから飛ばさないようにかき混ぜることと、牛乳と砂糖を計って混ぜた卵に入れて、なおかき混ぜるという行程もクリアした。

そしてその液に厚切りの食パンを浸す作業まで行った。

本日はロイが教えに来る日。

「ここまでよく頑張りました。アリア様は覚えが早いですね」

「はい！　がんばりました！」

とびきりの笑顔のロイに褒められて、アリアはまんざらでもなかった。

イケメンの笑顔には特効薬か何かが詰まってるのに違いない。オーラと一緒に放出されて自分の能力以上のこともできるような気がする。

それだけじゃない。前世であまり褒められた記憶のないアリアにとって、こうして小さな成功をも褒めてくれる環境がとても嬉しい。

「あとは焼くのを練習しましょう。もしかしたらこれが一番難しいかもしれません」

「はい！」

上手に焼けるようになったら、いよいよパパにごちそうできる！

前世では簡単にできた調理ができなくてショックだったが、コツを掴めばできることがわかり、アリアは前向きでいた。

「むん！」

アリアは気合いを入れてフライパンに無塩バターを入れる。とはいえ、この体、力の加減が難しい。ソッと入れたつもりなのにバターはポーンとフライパンの向こう側に飛んだ。

「……チキンと一緒」

気合いを入れすぎた。思わず両手で目を覆う。

「アリア様、思いっきり腕を振りかぶらなくていいんですよ。こうしてフライパンの端かトンペーがわざわざ冷めたフライパンを持ってきてくれて、アリアの前に置いてくれる。

「入れてから火にかけましょう。それでもいいですよね？　ロイさん」

火で熱々になったフライパンにバターを入れる作業は、アリアにはまだ難しいと判断したのだろう。ロイも承諾してくれる。

アリアはフライパンにバターを落とすように入れると、トンペーがそれを火にかけてくれた。

「極弱火でじっくりと焼きます。お好みの焼き加減になったらひっくり返して……」

「う、うん……っ」

背が低いので踏み台の上に乗り、フライパン返しを両手で持ちアリアは奮闘する。

大人用なので大きくて使いづらい。それに手加減も必要だ。

（小さいと、簡単な料理一つでも凄く大変……！）

と、思ったところでハッとする。

（小さいだけが問題じゃなかった……。力の加減の分からない子だった、私……）

なるべく力を押さえて。

大ぶりに手をつかわないで。

「パンをぉ……ひっくり返す……！」

フライパンの中で「べチャッ」と音がしたが、ちょっと卵液が周囲に飛び散ったが——

無事にひっくり返せた。

ロイが何気にフライパンをひっくり返した地点に移動させたが、ご愛嬌だ。

「できた！」

パチパチパチ、と拍手が沸き起こる。

「よくできましたね、アリア様。これでまたジックリ焼いてお好みの焦げ目がついたら、
またひっくり返します」

「あと二回！」

よし！　とアリアはガッツポーズをとると、目の前のフレンチトーストを睨みつけた。

「アリア様、そんな怖い目で作っては美味しい物も美味しくなりませんよ」

「気合い、入れた。だめ？」

ロイは首を傾げるアリアを見て苦笑する。

「いえいえ、駄目ではありません。でも、お父様に美味しく食べてもらいたいんですよ
ね？」

「うん」とアリアは頷く。

「ならその思いを籠めながらお作りになったら、もっと美味しくなると僕は思ってます。

僕もお菓子を作るときは、いつも美味しそうに食べてくれるお客様の顔を想像して作ります。『美味しくなれ。辛いことがあっても、食べたら笑顔になるほど美味しいと思うようになれ』って、念じながら作ってます。……アリア様のお父様を思う気持ちを乗せて作ったら、きっと、もっともっと美味しくなると思います」

「パパに……『おいしい』と言ってくれるような……」

フライパンの中でこんがり焼けてきたフレンチトーストを、ジッとアリアは眺める。

きっとパパのことだ。真っ黒に焦げようが不味かろうがジャリジャリでガリガリになろうが、自分が作れば「美味しい」と涙を流しながら食べてくれるだろう。

（……私、一生懸命作って失敗してもパパは許してくれる。食べてくれるって思ってた。

ううん、そうだろうけど、それが『当たり前』だって思ってた）

『これだけ作れるようになった私』を自慢しようとしていただけで、食べる相手のこと、考えてなかった。

（私、自分勝手じゃない？）

ポロポロ、涙が溢れていく。

「ううう……ロイはえらい。アリア、そこまで考えてなかった」

大きな紫の目から大粒の涙が溢れたことにロイもトンペーも、周囲にいた調理人たちも大慌てになった。

アリアを全員で慰めて、その日の練習はそこで終了になった。

◇　◇　◇

うつ伏せでベッドに横たわり、ウダウダしていたらミルとトカゲ顔のハルが「アリア様」と声をかけてきた。

「おやつを持ってきました」

「お昼も碌（ろく）に召し上がっておりません。お腹がすきませんか？」

「……アリアはいま、おちこんでいていそがしいです。なのでいりません」

「そんなこと、おっしゃらずに」

アリアのすぐ近くで焼けたバターと卵の匂いがする。それとジュース。

「こりは……フレンチトーストのにおい……」

「はい、ロイ様が『アリア様がお腹を空かれたら』と作っておいてくださったのを温め直しました」

「『アリア様がお元気になられますように』とお作りになったそうです。『アリア様用特別フレンチトースト』だそうですよ」

ふかふか布団に顔を埋めたまま鼻をヒクヒクさせる。自分が作った卵液と匂いがちょっと違う。でも、どこかで覚えのある匂いだ。

「なんだろう?」

むくりと顔を上げると、「しめた」とばかりの顔をしたミルとハルがいた。

素早くハルがアリアを抱き上げると、部屋に設置されたアリアの体に合わせたテーブルセットの椅子に座らせる。

ミルがミルクを添えて、ロイが作ってくれたフレンチトーストをアリアの前に置いた。

くんくん。

こう見ると、アリアの知っているフレンチトーストだ。けれど、もっと甘くて複雑な匂いがする。

(なんだろう? どこかで嗅いだことがある。それもつい最近……)

むむむむ、と鼻をひくつかせ「伏せ」の体勢で顎をテーブルに付けているアリアを見ながら、ミルが優雅にフレンチトーストの上にソースをかけた。

黒くて濃厚な甘さの――。

「ああっ! カラメルソースだ! プリンについてるやつ!」

そこで、はたと気づく。どうりで覚えのある匂いだと思った。

「このフレンチトースト、プリンであじつけしたんだ!」

「当たりです、アリア様」

「プリン！　プリンあじのフレンチトースト！　プリンのフレンチトースト！」

プリンを思い出して尻尾をブンブン振ってしまう。

どこかで嗅いだと思っていた。先週ロイが持ってきてくれたお菓子の中にあったからだ。

勿論、前世でも食べたけれど。

だけど、さすがロイの作ったプリンは美味しかった。程良い固さなのに舌の上でとろけて、ほんのりと苦みと甘さのあるカラメルソースが一体となって喉を通っていく、あの口福。

（プリンで味付けしたんだ。さすがロイ）

ミルが一口大に切ってくれたトーストにフォークを刺して、口の中に入れる。

「おいしい……！」

フレンチトーストと作り方は大して変わらないのに、プリンを使ったこれはより香りが高く、また甘さに深みがある。それに後からかけたカラメルソースのほろ苦さがアクセントになっていて、飽きない味だ。

「さすがロイはパティシエ。おかしを、なんでもおいしく作る」

「それだけじゃありませんよ、きっと」

ミルの言葉にアリアは「んん？」と首を傾げた。まだパンが口の中を支配しているからだ。

あんまり美味しくて全て咀嚼する前に、次から次へと口の中に入れてしまう。

そんなアリアの口を、ミルはニコニコしながら拭いてくれる。

「うふふ、あんまりアリア様がお可愛らしくて、お口の端から出てしまったソースを舐めちゃいたいくらいです」

「ミルとハルにもあげる」

と、あーんしてと、フォークに刺したフレンチトーストを向けた。

「私たちはあとでいただくので大丈夫ですよ。ロイ様はトンペーにレシピを渡してくれましたので」

「私たちにも食べてもらえるようにって。それと甘いのが苦手な方もいるだろうとそれ用のレシピも」

「そうか、ロイはあいてを思いやれるね」

「ええ、きっとロイ様はアリア様の言う通り、気遣える方なのでしょう」

「それを相手に押しつけたりしません」

ミルとハルが笑みを浮かべながら話す。なんだかとても嬉しそうだし、心なしか声が弾んでいる。

(もしかしてもしかしたら……？)

「ミルとハルはロイのこと、すき？」

「いやですよ、アリア様ったら。おませさんですね」

二人とも頬を赤らめるが否定はしない。

「とても素敵な人間だと思います。人間という種族を見直しました」

「ええ、特に笑顔なんて可愛らしくて、頭から突進していきたくなります」

——それは猫の愛情表現では。

「ロイはつみな男じゃのお」

思わず年期の入った言い方をしながら、ミルクを飲む。

魔獣や妖魔にもロイのような、お菓子のように甘いマスクが好みの人もいるんだ。好みに人間、魔物関係ないんだなとアリア。

ロイはレシピをトンペーに渡した。レシピなんて調理人の命と同じようなものだと前世で聞いたことがある。

フレンチトーストなんて加藤葉月の世界では、ごく普通のよくあるレシピだし、ネットや本にも紹介されているほど馴染み深い。

それでもこの世界では、パティシエにとっては貴重なレシピなはずだ。

(それを惜しげもなく渡すなんて、ロイは人間ができてる)

しかも甘い物が苦手な相手にも喜んでもらえるようなレシピも、トンペーに渡したと言った。

──甘いものが苦手。

そうだ、気づかなかった。自分が好きだから周りの人たちもきっと好きだって、疑いもしなかった。

「パパってあまいの、にがてかな？」

ミルとハルが首を傾げる。

「さあ……どうでしょう？　そもそも、甘い物をお召し上がりになったのは先週、アリア様とケーキをお召し上がりになったのが初めてなので……」

「今まで食べることなんてなかったから、でも、普通にお召し上がりになってましたよね？」

「そっか……パパのすきな食べものってなんだろう？」

「それなら『肉』ですよ」

「ええ、『肉』です」

二人が自信を持って宣言する。

そりゃ、そうかとアリアも頷くと、口にフォークを入れたまま考えに耽る。

(甘いフレンチトーストをプレゼントって、独りよがりだったかな……)

フレンチトーストだって、味を変えて工夫すれば、もっとパパが喜ぶメニューに変身するかもしれない。

「お肉と、あまいフレンチトースト……あまじょっぱくすればよくない？」

前世で見たフレンチトーストの中に――あった。

「あれだっ！」

アリアはそう声を上げると、椅子から飛び降りてミルたちに駆け寄った。

「ロイのお店に行く！『パパにフレンチトーストプレゼント大さくせん』についてメニューをちょっぴり、かえたい。だから聞いてくる！」

◇◇◇

「では、ここでお待ちしております」

「はい」

御者の言葉に、アリアは元気よい返事をする。

アリア一人では危ないので、傍にはミルがついている。なんでもミルはそれなりに格闘技の心得があるそうだ。

「わたしの得意技は『爪とぎ乱れ咲き』なんです。数秒間で百回以上爪とぎ攻撃を仕掛けます」

鼻を鳴らし自慢気に告げるミルの目は瞳孔（どうこう）が開いており、アドレナリンが放出中のようだ。その辺りは普通の猫となんら変わりがないらしい。

「ミル、今たたかうひつようないと思う。おちつこう」

アリアはミルをなだめる。猫型だから額の上を撫でてみる。顎が一番良さげだけど、魔獣の女子だからいきなりは失礼だろうと、紳士な気持ちになって撫でた。

ミルが残念そうに尻尾を左右に揺らしていたが、頭を撫でられて気持ちよくなったようだ、ウットリと目を閉じる。

大きくても魔獣でも猫の性質は残ってるらしい。

「ミル、そうだぞ。そもそも護衛は私だ。君はアリア様のお世話をしてくれるだけでいい」

二人の会話に割り込んできたのはガイズ——エゼキエルの側近だ。最初に出会った一匹（ひとり）である。

急にロイの店に行くと言い出したアリアに、エゼキエルが自分の側近を護衛につけたのだ。

ガイズもこの『パパにフレンチトーストプレゼント大作戦』のことを知っていて、エゼキエルに黙っていてくれている。なので、ばれる心配をしなくてもいい。

「でも『万が一』がありますからね。私のご先祖様は昔、戦う時には戦車を引いていたくらい勇敢なんです」

一瞬、数十四がニャアニャアニャアと声を上げながら戦車を引いている様子を想像してほっこりしてしまう。

しかし、それは間違いだった。ミルが手を獣バージョンにしてキラーンと爪を見せる。毎日研いでいるという爪は、まるでナイフのように鋭利で、鉛色に輝いていた。

戦車引き＋戦闘要員ということらしい。

隣り合わせでフェンリルのガイズと座っているのに、怖がっていないのは戦闘要員の血筋かなぁとアリアは感心する。

（トカゲ族のハルも何か特別な経歴がありそう。帰ってから聞いてみよう）

エゼキエルが何を基準にメイドを選んだのか、それでわかりそうだ。

きっとメメも、選ばれた理由があったはずだ。それを考えると、もしかしてと聞いてみる。

「メメは『タマウサギ』というしゅぞくって、きいた。タマウサギって何がとくい？」

「『タマウサギ』はお薬を作るのが得意な種族なんです。だからアリア様の具合が悪くなったときに、すぐにお薬を調合できるよう側仕えに選ばれたのです」

「そうだったんだ」

「……なのに、何を勘違いしたのかアリア様のマナーにまで口を挟んできて……わたしが引っ掻いてでも止めればよかったと後悔しております」

強さではミルの方が上なんだ、とアリア。ミルは温和で大人しい印象があるし、メメもそうだ。

（魔獣や妖魔も見かけによらないんだなぁ）

うんうん、と頷きながらロイの店へ向かって歩いて行く。

甘い香りが濃くなっていき、曲がり角で店が見えてアリアの心が一気に弾む。

「ロイのお店、あった！」

駆け足で行って扉を開けようとしたら開かない。

「そうだ。今日はていきゅう日」

でも、甘い匂いがしているので厨房で何かしら焼いているのだろう。

「アリア様、裏口に回りましょう」

ガイズが誘導してくれて、裏口の扉を叩いた。

「はい」という声がしてロイが顔を出す。三人を見て目を見張っている。

「こんにちはー」

アリアはペコリと挨拶して笑顔を向ける。

「どうしたんですか？　何かありました？　……アリア様のおやつ、美味しくありませんでした？」

ロイが顔を曇らせたので、アリアはブンブンと首を横に振る。

「とってもおいしかったです！　それで、それ食べたら思いついたメニューがあるので、ロイにそーだん！　にきました！」

「そうでしたか。ここではなんですので中へ。むさ苦しい場所で申し訳ありませんが」

「こちらこそ、大ぜいでおしかけてごめんなさい」

またペコリと頭を下げると、ロイを含む三人は苦笑している。

「アリア様は時々、謙虚な大人の口真似をなさる」

「それもまた、アリア様の魅力の一つですよね」

（やってしまった……）

と思いつつ、これが「こまっしゃくれたお子様」と定着すれば、誤魔化すことが可能？

と思ってしまう。

それでも、気をつけなくてはいけないけれど。

厨房の中へ入ると、ちょうどクッキーを焼いていたらしい。丸いお月様のような菓子が鉄板の上に行儀よく並んでいた。

「おいしそう……」

「ちょうど、バタークッキーが焼き上がったところなんですよ。お土産に持っていきますか？」

「はい！　それと、ほかのおかしも買っていっていいですか？」

涎が出そうになるのを堪えながら、ロイと後ろに控えているミルたちを交互に見る。

何せお金を持っていない。現在、お財布の紐を握っているのはミルである。

「エゼキエル様から『あとで請求』でと。伺っております」

ちょっと心配そうに見上げてきたアリアに、ミルがニコニコしながら答える。

ということは『ツケ』ということか。それでいいのだろうか？

そう思ったアリアだったが、前世なら金持ちはきっと現金など持たず、カード払いで済ますだろう。ここはファンタジーでカードなんて作られていないだろうから『ツケ』が一般的なお金持ちの常識なのかもしれない。

アリアは「そうなんだ」と笑みを見せた。

「それでアリア様は、どんなメニューを思いついたんですか？」

ロイがしゃがみ、アリアと同じ目線の高さで尋ねてきた。

「パパに『フレンチトースト』を作ることはかわらない。でも、そこにちょっと、ひとくふうしたい」

「どんな風にです？」

「あのね――」

アリアは自分の意見をロイに告げた。

ロイも承諾して、決行日までによりいっそう練習に励むことをアリアは誓ったのだ。

ロイから承諾をもらって、クッキーやパウンドケーキなどを購入してホクホクしながら馬車へ戻る。

馬車に乗り込んだとき「あっ」とアリアは思い出してポンッ、と飛び降りる。

「アリア様？」

「わすれもの、ここでまってて」

アリアは駆け出す。

「アリア様！　お一人で行っては！」

ミルもガイズも慌てて馬車から降りたが、アリアは、

「いいから、まってて！　きちゃだめ」

と、引き止めながら店まで走った。

店の隅っこにあった花束のように飾られた飴菓子をミルにハル。そして付き添ってきたガイズにあげようと考えたのだ。

『ツケ』なら後でエゼキエルに支払いがいくだろう。

（……パパにも買ってあげないと拗ねるかな）

でも、パウンドケーキもクッキーもあるし……と思ったけど、彼の分も買うべきだろう。

もともとエゼキエルの側近であるガイズにも渡すのだ。ガイズに黙ってくれるように言

っても、良心の呵責で話してしまうかもしれない。

しょうがない、四束だ。とアリアは裏に回って扉を開けた。

「……だから、俺たちに協力してくれよ、な？」

ロイと違う、凄みのある低い声がアリアの耳に入る。誰かいる。

自分たちが帰った後にすぐにきたのだろうか。

（店休日なのに、お菓子を買いたいって来るんだろうな）

それを断らないロイって優しい。アリアは接客が終わるのを待つ。

「だからさ、前に来たときも言ったでしょう？　こちらの提案を呑んでくれれば、他の国で生活できるように取り計らうから。謝礼だってするよ」

――あれ？

（この声、メメと似てる）

アリアは耳に入ってくる女性の声に首を傾げた。ケモミミをピクピク動かして、会話に集中する。

「あなたの父親が王宮内で犯罪を行って国を追われて、それからずっと放浪してこの国に流れ着いたことは事前に調べてるのよ。でも、この国に来ても他の州で嫌がらせされてきたでしょう？　ようやくここで店を構えて落ち着いたようだけれど、あなたの父親の罪を知られたら、また嫌がらせが始まるわよ」

「エゼキエル大統領だって、近くに犯罪歴があるものがいるのは困るはずだ」

「だからさ、大統領のために出てってくれないかな、って話」

——ええ？

そっと、顔を覗かせる。フードから出ている白くて長い耳はメメと似ている。

そしてもう一人の背が高く、がたいのいい後ろ姿は妖魔だろう。けれどこの男は、アリアの記憶にない。

くんくんと鼻をヒクつかせ、確認する。匂いからして白耳はメメに間違いない。

（パパのために、ここから出て行けっていうの？）

どうして？

パパがそう言ったの？　パパがメメにそう命令したの？

ぐるぐると頭が回る。

パパはそんな酷いこと、命令しない。立派な大統領だ。

でも、ロイを「娘のお気に入り」と認識して、嫉妬のあまりに追い出そうとしてもおかしくないほど、自分を溺愛している。

（でも、メメは屋敷から逃げ出したし！　……もしそれが、パパがそう命令してたら……）

どうしよう、引き返してガイズたちを呼びに行った方がいい？

それとも、自分が出てメメたちに止めるよう言った方がいい？

どっちにしろ、自分だけだとリスクが高い気がする。これがエゼキエルの命令じゃなかったら尚更だ。

(屋敷にいたときのメメの態度からして、パパのためって勝手に思って暴走してる可能性だってあるもんね)

言いたい放題言われていたロイが、重たい口を開いた。

「以前もお断りしましたよね？『それはできません』と。僕は今までも根無し草のように国を渡り歩いてきました。だから、出て行くことに抵抗はありません。……でも『アリア様を連れて国から出て行け』なんて話は、お受けできません」

(えっ？　私も？　出ていくの？　——どういうこと？)

ここで自分の名前が出てきてアリアの頭はパニックで、余計に回転する。

(ぐるぐるぐるぐるする〜)

前世の記憶を持っていても脳と体は五歳だ。

自分が国から追い出されようとしているということ、メメがそこまで自分を嫌っていること、それをロイに金で命じようとしていることで十分に心身にきている。

しかも、もしかしたらエゼキエルが命じているのかもと思うと——。

パタン。

仰向けで倒れてしまった。

メメが叫ぶ。扉の陰に隠れていたのにひっくり返ったので、アリアはあっさり見つかって捕まってしまった。

「アリア様！」

メメの手からロイが、奪い取るようにアリアを抱き上げる。

「アリア様に触れるな！　お前たちのいいなりにならない！　出て行け！」

「犯罪者の息子が！　大統領に認められたからって調子にのってるんじゃねえ！」

「父は犯罪なんてしてない！　嵌められたんだ！　自分の作った菓子に毒を盛るなんてパティシエの誇りにかけてするものか！　ましてや、才能を認めてくれた王子に対してなんて……父にどんな得があるんだ！」

（それって冤罪じゃん……）

ぐるぐるしてる頭で考えたら、またぐるぐるが激しくなって目眩までしてくる。

（うわーん、五歳児つらーい！　心身がついてけないんだーーー！）

いや、前世の記憶を思い出した中身は大人でも、もっと成長したアリアでも、この状況は衝撃で、思考がついていけないだろう。

「……ロ、イ……にげ、よ……」

目眩で視界がぐるぐるしてロイの顔まで回転してる中、アリアは一生懸命に告げる。

ガイズとミルの待つ馬車まで走って行けば――。

誰の指図だかアリアには見当もつかない。でも、そこまで行ってガイズたちにメメと妖魔を捕縛してもらい、尋問すればわかる。

エゼキエルの指示だったら、絶対に許さない。自分まで国から追い出すなんてこと、エゼキエルは考えないだろうが、ロイを国外追放しようと考えるのは……。

（するかも……）

そんな非情なことなんてしないと信じたいけれど、もしそうならそれ相応の仕置きをしなくてはとアリア。

（……そこに親子の情なんていれられないからね！　パパ！）

ロイがキュッとアリアを抱き締め、駆けだしたが妖魔が退路を塞ぐ。

「大人しく転がってろや！」

「――っ！」

蹴りが空を切り裂き、アリアの顔面に向かってくる。それをロイが背を向けて回避した。

だが、もろに背中に当たり、棚にぶつかってそのままズルリと床に倒れてしまう。

「――ぅ」

棚にぶつかった際にアリアを庇ったせいで、ロイの額に血が流れ出ている。

「ロイ……！　ロイ！」

目眩なんて吹っ飛んだ。だって目の前で自分を庇って怪我をした人がいる。

（馬鹿ぁ……アリアはフェンリルだから怪我しても、すぐに治っちゃうのに……）

人間のロイの方が治りは遅いし、ヘタしたら致命傷になるかもしれない。

「ロイ、ロイ……しっかりして。しんじゃやだぁ……」

気絶したのかロイが目を開けない。

脳しんとう？　それとも、もっと危ない状態なの？

（どうしよう……死んじゃったら……）

想像して背中が粟立った。

「おい、ちょうどいい。人間と大統領の娘を一緒に国の外へ連れて行こうぜ」

「……だね。でもその前に魔力封じの魔法具を付けなきゃいけないわよ。エゼキエルはフェンリルだけあって鼻が利くんだから。魔力封じの首輪が外れた途端に、娘の匂いを嗅ぎつけたんだし」

メメと妖魔の会話が後ろで聞こえる。

この件にはエゼキエルは関与していない。この危機状況の中、それだけは安堵した。

「なら――いっそのこと殺した方がよくねえか？　魔力封じの魔法具なんて持ってきてねえし」

――殺す？

ぞわわ……と背中が総毛立った。

殺されるという恐怖が、まず先立つ。

それから「どうして殺されないといけないの？」という疑問が、頭の中を巡った。

『死』に怯える体感は覚えがある。

一つは加藤葉月であった頃の前世だ。

そして、アリアである今世。

前世では病魔と闘ううちに気力を削がれ、眠るように亡くなった。最後は痛みも苦しみもなかった。

そして今世では奴隷として買われた最初のときに失敗して、盛大に叩かれた。

あのとき、『死』を意識した。

（……だからだ。だからアリアは、私は、一切逆らわないと決めた。どんなに痛い目にあっても辛くても泣かないと決めたんだ）

――『生きる』という本能に従って。

でも小さなアリアはそこで、大切なものも閉ざしてしまったんだ。

『感情』というものを。

（ううん、アリアはわざと感情を閉じたんだ。きっと、生きるために）

自分を迎えに来てくれた父エゼキエルに救われて、そして温かで綺麗な場所で優しい皆に囲まれて、アリアは安心して感情を開いた。

（アリアはパパが迎えに来た瞬間にもう、気づいたんだね。『自分はもう安全』だと）

だけど今は生命を脅かされている。アリアの体は過去を思い出して硬直してしまっている。

（アリア、頑張れ！　いや、頑張れ、私！　もう、一人じゃないんだよ！　――パパがいるじゃない！）

そうだ、パパがいる。

パパはアリアを愛してる。

いつだって、アリアが困っていれば駆けつけてくれる――！

（もう、自分を抑えなくていいんだよ）

加藤葉月が、そう励ましてくれている気がする。

感情が、心がブワッと火山のように噴き出した。


「パパアアアアアアアアアーーーーーーー!!　怖いよーーーー！」

ビリビリビリとアリアの体から電流が流れた気がした。

「ひぃっ……！」

「うわぁあ！　や、止めろ……！」

メメと妖魔は両耳を押さえ、膝をつく。

「パパアアアア‼」

自分でも止められなかった。火がついたように泣くというのは、こういうことかとアリアは思う。

「ひぃぃぃぃ……も、う、だめ……」

耳を押さえながら逃げようとしていたメメが途中で力尽き、泡を吹いて倒れてしまった。

妖魔も必死になって扉に向かっているが、どういうわけか這いつくばっていて歩みが遅い。

「アリア様！」

「どうされましたか！」

泣き声がミルたちのいる馬車にまで聞こえたのだろう、血相を変えて店に飛び込んできた。

アリアの泣き声の強烈さにまず二人は耳を塞ぎ、失神しているメメと「助けてくれ」と懇願する妖魔を見た。

「ア……アリア様……な、泣き止んで……ぇ」

「せ、せめて魔力の放出を……」

ミルとガイズが真っ青になりながら必死にアリアに近づいていく。

けれど、アリアは泣くのを止めることが出来なかった。

(というか……泣き止みたいけど、と、止まらないの～)

「と、ととまらなあああああっい！　ぅえ、えっぐ、え、えっ、えっ……パパーーーー！」

「きゃああああっ！　耳がぁ！　塞いでもっ！」

ミルが倒れてしまう。

「これはまずいぞ……っ、エ、エゼキエル様を……」

「パパアアアア！　こわいーーーーーーー！　たすけてえええーーーーー！」

もう、怖いのはメメたちではない。自分でも抑えきれないギャン泣きと、一緒に放出されている魔力だ。

(子供の癇癪ってこんななの？　自分で止めることが出来ないよ！)

エゼキエルなら、パパなら止めることが出来るのだろうか？

アリアがガイズの「エゼキエル」という言葉に反応してまた盛大に泣き叫んだとき──。

「アリア！　どうしたのだ！」

けたたましい破壊音とともに、フェンリルの姿をしたエゼキエルが登場した。

破壊音は頭から突っ込んで、ロイの店を壊したせいだ。

「……パパ？　パパぁ？　ぅっ、ひっく」

「そうだ、パパだよ。怖い思いをしたのかな？　よしよし」

エゼキエルは驚いた顔をして泣いている娘を見たが、すぐに頬をペロペロ舐めてくれる。

「こ、こわかったよぉ……」

ヒックヒックとしゃくりあげながら、アリアはエゼキエルに飛びついていく。

前足でアリアを抱き締め、エゼキエルはこの状況を素早く理解した。

「ガイズ、立てるか？　メメとそこの妖魔を捕縛せよ。ミルは？　平気か？　できそうならロイの看護を」

「……まだ体が痺れていますが、動けます」

「わたしも、です」

命じてからアリアの顔を見て、何度も舐めて慰めた。

「うぇっ……ぅうっ、パパァ、だっこ……」

「よしよし。悪い兎さんと妖魔さんはパパがアリアの見えない、遠いところに連れて行くから安心しなさい」

「パパ……」

「さあ、帰ろうか」

「うん」

人型になったエゼキエルに抱き上げられ、アリアは父の胸の中で少しずつ安心していく。

――体全体で泣いたせいか。

――それとも、魔力を一気に放出したせいか。

アリアはそのままコテン、と眠りについてしまった。

◇◇◇

目覚めたら、体の変化にアリアは気づいた。

「……あ、あれ？」

手が毛で覆われている。しかも肉球がついてる。

頬に触れると、いつものスベスベな玉のような肌ではない。

「もしかしたら」

ベッドから下りる時も二足ではなく四本の足を使い、鏡に向かうのは四足でだ。

以前に人間の姿で走ったときよりずっと楽だし、体がとっても軽い。

鏡の向こうにいるのは、フワフワとした銀の毛を持つ紫の瞳の小さなフェンリルだった。

「うわーーー！　アリア、フェンリルになった！」

「おめでとう、アリア」

いつの間に隣にいたのか、エゼキエルがいる。しかも同じフェンリルの姿で。

もちろん本来の大きさだと一部屋壊してしまうので、収縮サイズだが。

「泣いているアリアの声に駆けつけてみれば、小さくて可愛いフェンリルの子がいたのには驚いたよ」

「アリア、泣いた途端にフェンリルに変化したんだ、きっと」

だから自分の顔を見たエゼキエルが驚いた様子だったんだ、とアリアは納得した。

二匹、鏡の前に並んでみる。

「こうしてみると、おや子」

「ああ、親子だな」

なんだか嬉しくなってアリアは、エゼキエルの揃えた両足の間に体を突っ込んでいく。

きっと尻尾も盛大に前後左右に振っているだろう。

「パパはアリアのきき、きてくれた。うれしい。とっても」

「当たり前だろう、アリアはパパのとっても大切な娘だ。アリアを虐める奴なんて魔獣だろうが妖魔だろうが人間だろうが、やっつけてやる」

「大すき、パパ」

「パパも、アリアが大好きだ」

エゼキエルがアリアを前足で囲んだまましゃがんで、ペロペロする。どうやら毛繕いらしい。

でも、くすぐったくてアリアは「キャー」と言いながら、小さな体をもぞもぞさせ体を捻らせる。

幸せだ。これからだって幸せだ。

だってパパがいるもの。

【うちの娘は可愛いだけじゃないのだ】

まったく、なんていうことだ。

会議中にアリアの泣き声が聞こえた。パパを呼んでいる。これはただ事じゃない。

「アリア」

「どうされました？　大統領閣下!?」

椅子から立ちあがるや否やフェンリルの姿になった私を見て、鬼人の女秘書が慌てる。

いや、慌てているのは秘書だけではない。集まった議員たちもだ。

「娘が危機に陥っているようだ！　緊急だ、本日は閉会する！」

私はそう捲し立てると窓から外へ出た。窓ガラス代くらい自分の給金で払ってやる。

後ろで大騒ぎして呼び止めようとしているが、気にしている場合ではない。アリアが泣きながらこの父を呼んでいるのだ。

何か娘の身に、とんでもないことが起きているに違いない。

娘——アリアは私が見つけるまで過酷な状況の中で生きていた。そのせいか、我慢強くて子供特有の我が儘を言わない、癇癪も起こさない。

パパがお仕事だからいつも傍にいてやれなくても笑顔で出迎えてくれるし、文句も言わない。ママのことを話したときも、自分の哀しさよりもパパのことを気遣って励ましてくれた。

とても出来た子だ。

だけど、本当は自我を出すことが分からない、できないのかと思う。

それはやはり、奴隷として痛みを与えられながらの生活をしてきたせいだ。

だから、アリアが自分というものを取り戻し、怖がらず表に出せるようになるよう淑女教育や勉強は後回しにした。

先日、タマウサギのメイドが余計なことをしたせいで、また怯えた目を見せた娘を見て、頭に血が上った。

——許してやってとアリアは言ったが、パパは許さない。

子供に諭されて大人げないとガイズらに窘められたが、メイドとしての仕事と娘に万が一のことがあっても対応できるような能力を持つ者を選んだのに、その仕事を放棄していらんことをするとは何事か。

これは『娘に甘い父親』ではなく『仕事をしない部下をしかる上司』だ。

うん、そうなのだ。自分の役目に不満があれば私に言うべきなのだ。私ほど話を聞く上司はいないぞ。私は大統領だしな。

千年ほど生きていれば、ちょっとやそっとでは怒らんし、懐だって深い。怒るとすぐにガジガジしたり蹴りを入れたり叩いたり、魔法を詠唱して攻撃する若いフェンリルとは違うのだ。

――でも今回は、久しぶりに兎を頭からガブリとしたくなった。

兎のことは夕飯に兎肉を所望して溜飲を下げるとして、今はアリアのことだ。

一向に泣き止まない。ますます悲壮な声でパパを、私を呼び続けている。しかも、魔力まで放出している。

これはまずい。最大に魔力を放出し続けている。これが続いたら枯渇して気を失ってしまう。

泣かした相手が倒れるか、娘が倒れるか。

「間に合ってくれ！　アリア、パパが行くからね！」

着いた先はなんとロイの店で、私はさらに頭に血が上った。

「おのれロイめ、恩を仇で返したな！」

こんな店、潰してやる。ということで頭から突っ込み、物理的に破壊した。

しかし、入って驚いた。

当のロイは、頭から血を出して倒れている。

ミルとガイズは耳を塞いで床に突っ伏している。

知らない妖魔は虫の息で、メメは泡を吹いて気を失っている。

アリアはというと——子フェンリルの姿になってギャン泣きしていた。

「アリア！　どうしたのだ！」

「……パパ？　パパぁ？　ぅっ、ひっく」

紫色の目から大粒の涙を流し、こっちを見上げてくる。

——泣いてる娘は可愛いけれど、可哀想だ。

「そうだ、パパだよ。怖い思いをしたのかな？　よしよし」

「こ、こわかったよぉ……」

泣きながら私に飛び込んでくる。ああ、可愛い、なんて可愛い生き物なんだ。前足で娘を抱き締め、頬をペロペロ舐める。

そして状況を素早く判断する。どうやらロイも被害者らしい。主犯はこの妖魔とメメか。

妖魔とメメを捕縛し、ロイの手当をガイズとミルに任せる。

アリアは人の姿をとった私に抱き締められ安心したのか、それとも魔力の放出に疲れたのか、あっという間に眠ってしまった。

これは父としての役得である。

——そして、早合点に反省もする。

すまん。ロイの店、壊した。


そして日が変わり、すぐに色々と判明した。

メメと妖魔はいわゆる鷹派で、囲まれた土地であるレスヴァ連合国での生活に満足している民たちに不満を持ち、近隣の国や裕福な人間の国を攻撃し、魔物たちが支配する領域を増やしていこうと活動している一派であった。

メメがマナーを知っているのも、人の生活に入ってスパイ活動をするための教育らしい。

——そういえば、そういった党があって何年か話し合いをしたな。

人間が侵略しても利が少ない土地だし、もともと好敵手の竜から譲り受けた土地だし、住むところを奪われた魔族を受け入れていたら国になっただけだし、住みやすいように種族ごとに州を作ってもらって結果、連合国にしただけだ。

それに、人間と戦（いくさ）をして土地を奪って、人間も抵抗して——なんて殺傷を繰り返している歴史を見てきている私としては、争いなんてくだらないと思っている。

現状、平和なのだ。近隣の国も、自分たちの領域で悪さする魔物らを退治するだけで侵略してこない。たまにローラの父のように、馬鹿な統治者がいきがってくるくらいだ。

人間と魔物の住む領域が分かれていれば、そうそう戦にならず、無駄に血を流すこともない。

人間も魔物も同じで平和に暮らしたいと思う者もいれば、欲望のままに血を流したいと思う者もいる。

結局は外見や能力の違いだけで、人間も魔物もそうそう変わりないのだ。

『私を担ぎ上げて隣国の国を襲いたいのか？　私を思想の盾にするな。襲いたければ勝手に襲え。——だが、この国と私に害をなすなら容赦しない』

そう告げて、この話は立ち消えたはず。

しかし、現状を見るに暗躍していたらしい。かなり規模は小さくなっているが。

詳しく話を聞こうとしたがメメはアリアの声の魔力に当てられすぎて、まだ正気に戻らない。

「獣人万歳！　妖魔万歳！　魔物万歳！　魔物至高党万歳！」

と、大声を上げながら万歳を繰り返している。

ああ、そういえば党の名前は『魔物至高党』だったな。もっとましな命名しろよと言いたくなるが、そこはもうどうでもいい。

とにかく——もう一人の妖魔のほうが先に正気に戻ったので話を聞いた。

「隣国を襲撃し我らの領土を増やそうとする考えは、大統領の力頼りのものだった。なのであんたが首を縦に振らなかったからすぐに解散となったが、我々のように志の高い者は残って活動をしていた。大統領の弱体化を謀り、その座から引きずり下ろし、我らの志と同じくする者に継いでもらって、人間の国を侵略するつもりだった」

「それでアリアとロイを国から追い出そうと？　アリアを誘拐して国から追い出すのなら分かるが、なぜロイまで？」

「……なかなか大統領が交代しない。昨年の選挙でも圧勝して、何事もなくこのまま任期を継続するだろう。ならばと作戦を変えた。うまいことに娘が見つかったというじゃないか。ならば娘が懐いている人間と一緒に出て行ってもらおうとした。そうすれば大統領だってさすがに『娘を人間に奪われた』と認識して怨みを持ち、人間を攻撃するだろうと思ったのさ」

「そういうことか。……しかし、メメの行動がわからない。裏でアリアに随分厳しかったようだ。懐柔するほうが楽だろうに」

まだ正気に戻っていないメメの「万歳」が石造りの牢に響いているのを聞いて、妖魔は舌打ちをし「面倒な」といった様子で話す。

「あいつは、どちらかと言えば恐怖で相手を支配するほうが得意なんだよ。じわじわと真綿で締めるように、心身ともに支配していくんだ。もともと『殺人ウサギ』の種族だしな」

「『殺人ウサギ』だって？　『タマウサギ』ではなかったのか？」

殺人ウサギという魔獣は、魔獣の中でも危険レベルの高い種族だ。人だけでなく魔族に対しても容赦なく襲いかかる。殺傷に対する欲望が強く、ほとんどの殺人ウサギは犯罪に走るのだ。

自己制御の手段として人型になれば、そこそこ押さえられると聞いているが、人型になれる者はそうそういないとも。

それが真実ならばメメは能力の高い『殺人ウサギ』なのだろう。

「わざわざシンボルの角まで切ってメイドとして大統領邸に入ったんだぜ。大人しいタマウサギ族になりすまして入ったようだが、本性は隠しきれないよな。あんたの娘を見てたら『征服したくなった』らしいぜ？　まあ、フェンリル族の娘に見つかってブルブル震えてたがなぁ」

ではエルローズが止めてくれていなければアリアは今頃、メメの言いなりになっていたかもしれないのか。あとでエルローズに改めて礼を言わなくては。

――しかし、私はふんぞり返っている妖魔を見下ろす。

ここで捕らえ刑を科しても、出所したところで奴もメメも無事に生活できると限らないだろう。こういった過激派は、失敗した仲間に対しても容赦ないことが多い。

ならばと、

「なあ、そんなに気に入らないのなら君を含む仲間がこの国から出て行き、外の世界で新しい国を興せばいい。そこで『人間のいない、魔物しか住むことの許されない』国を興してみたらいいだろう？　気に入らないのだろう？　このレスヴァ連合国が。ならば外で理想の国を目指せばいい」

この提案に納得するはずもないと思いつつ、せめてこの妖魔とメメ二人だけでも考えを改めて外へ出て新しい世界を掴めばいいと、私はかなーり優しく諭した。

「ここは魔物の国だ、俺たちの国だ！　人間には限りない土地があるのだ、ここに住む人間が増えてみろ！　我らの居場所がなくなるだろう！　追い出すことが悪いのか！　俺たちが自由に暮らせる場所はここしかないんだ！　だから領地を増やそうとするのはおかしくないし、力のある魔物が世界を征服するのは当たり前のことだ！」

「……なんだ、結局国から出て自らの力で国を興す気がないのだな。既に基盤のある国に乗っかって、おんぶに抱っこで援助してもらいながら、誰かの指示を受けながらでないと怖くて何もできない。口だけ偉そうに批判するだけか」

交渉決裂だ。

あとはもう知らん。奴は生き残れる手段を自分自身の判断で潰したのだ。

私はやれやれと立ちあがる。人の姿で蹲踞の体勢を長く続けると疲れる。

「もう、話し合う必要もないな。離してやれ」

「えっ？　でも……」

近衛兵たちも、妖魔も驚いた様子で私を見上げるので言ってやった。

「いいんだ。まあ、組織に戻るならリーダーに伝えてくれ『国を変えるより、新しい国を作ったほうが容易い。それでもこの国を主導して人間を倒し領地を拡大したいのなら、私を倒してからにしろ』と」

「いいのか……？　それだと常にあんたが命を狙われる」

「国の主導者なんて狙われてなんぼ、だろう？　今までもあったが、あっさりとひねり潰したぞ？」

「うっ」と妖魔は言葉を詰まらせていた。きっと覚えがあるのだろう、組織の誰かがやったとかで。

「だが、私の娘に手を出すな。娘の周囲の者にも手を出すな。この二つを守れなかったら――私とフェンリルの一族が総出で、お前たちを物理的に潰す」

体が熱くなる。押さえていたが魔力が熱を帯びて放出してしまったらしい。

顔も怖かったのか、妖魔だけでなく味方の近衛兵までも震えながら後ろへ下がっていくとは。

失礼だ、こんな美形なのに。

緊張でシンと静まりかえった牢でメメの万歳の声が響き渡っているが、場を和ませてくれるわけではなかった。

「パパ……ごめんなさい。おしごと、とちゅうなのに……」

フェンリルの姿でしゅんと耳と尻尾を垂らしている娘に、私は頭をペロペロと舐める。

さっきまで「フェンリル一緒」と喜んでいたのに、私が傍にいることで仕事を放り出してきたたと察したらしい。

ああ、なんて賢い子なんだ。

「いいんだよ。話せば皆、事情をわかってくれる。それよりもアリアの危機に間に合って本当によかった。そっちのほうがどんな会議よりも大事だ」

「ありがとう、パパ。ロイは？　ぶじ？」

「少し額を切っただけだそうだ。でも、頭をぶつけているからね。しばらくは安静にするそうだよ……」

「そうなんだ。しばらくお店はお休みだね」

「うん、まあ、そうだな」

――どっちにしろ、しばらく店はひらけない。

「ロイは病院じゃなくて、お屋敷でしばらく暮らして治療を受けてもらうつもりだよ。何せアリアを庇って怪我をしたのだからね」

私の言葉にアリアの表情がようやく明るくなった。

「うん！　アリアも一生けんめい、ロイのかんびょうする！」

「それはお医者様と看護師さんにお任せしよう。お見舞いだけで十分にロイは喜んでくれる」

「じゃあ、毎日お花摘んでお見舞いに行くね！」

ちょっと嫉妬する。しかし優しいアリアは、弱くてすぐに死んでしまう人間のロイのことが心配でそう言ったのに違いないし、賢いからあまり反対すると、声や表情ですぐに悟ってしまうだろう。

「今日はアリアだって、いきなりたくさんの魔力を出したから疲れているはずだ。ベッドに横になっていなさい。パパがいいというまで安静だ」

「……そんなにアリアはつかれてるの？」

キョトンとした顔で私を見上げる。ローラを思い起こさせる紫色の瞳は澄んでいて、疑いも何も持っていない。

無垢な瞳に当てられて、私まで安静にしなくてはならないではないか！

子供の純粋攻撃という恐ろしさといったら、言葉にならない。

「そうだよ、アリアは魔力を出すことに慣れていないのに、あんな強い魔力をずっと出し続けていたんだから。疲れていないのがおかしいんだ」

「泣いただけなのに？」

「どうやらアリアは思いっきり泣いたり、感情に左右されているときに声を上げたりすると、魔力が出るようだ。だからとっても疲れてると思うぞ？」

「じゃあ、ちゃんと寝るね。パパにしんぱいかけちゃ、ダメだもんね」

「これから、魔力の出し方をパパと一緒に考えていこう」

「はい！」

にぱぁ、と笑いながら返事をするとアリアは、鼻先で掛け毛布を一生懸命に持ち上げている。

ああなんていう仕草をするんだ。ただ可愛いだけじゃないか。

私は敷き毛布を咥え、持ち上げてアリアに入るよう促す。

アリアは嬉しそうに頭から入ると、中でくるりと振り返って頭だけ出す。

人の姿でも十分すぎるほど可愛いが、子フェンリルになった我が子の愛らしさと言ったら危険レベルだ。

誘拐されないように優秀な護衛をつけなくてはならないな。今度は身上書類にも確認の調査もしなくては。

たとえ魔族の中で最高峰の位置にいるフェンリルだとしても、子供のうちはまだまだ弱いのだから。

「パパ、アリアはこれからずっと、フェンリルのすがたかな?」

「うーん……パパにもわからないな。でも、それはそれでいいと思うぞ」

「人のすがたに、なれない?」

「一晩経てば、もしかしたら人の姿になるかもな。アリアはママの血の方が濃いから。……フェンリルの姿は嫌かい?」

そうだったら哀しいな、と思う。ちょっと涙ぐんでしまった。

アリアは「ううん」と首を横に振る。

「ただ、パパにかってもらったふく。きられなくなっちゃうの、かなしいなって……」

そんなことで!　もう、なんて優しい娘なのだ!　私の気力が回復した。

「なあに、そうしたらフェンリル用のお洋服をたんまりと買ってあげるから心配いらないよ」

「……もういい、です」

なぜかアリアの目が半目になった。それでも美人度は下がらないのだから、さすがに私ころん、と横になったアリアは隣で伏せの体勢でいる私に寄り添ってくる。私は、前足で娘を掻き抱いた。

「眠くなった……」

「ああ、お休み」

うつらうつらしている娘の頭を、優しく舐める。

「ねえ、パパ……」

「なんだい？　アリア」

「ロイのお店、こわしたんだから、ちゃあんと、元にもどしてね……」

言わなくても分かってた。あのギャン泣きの状態でもわかってた。

の娘といえよう。

——やはり私の娘はすごい！　そして可愛い！

第九章　『パパにフレンチトーストプレゼント大作戦』決行！

フェンリル化したアリアも次の日には人の姿に戻っており、エゼキエルが残念そうな顔をしていた。

ロイの頭の傷は出血に比べたら大したこともなく、三日ほどで大統領邸から自宅へ戻れるほどまで回復する。

ただ、エゼキエルが破壊した店は取り壊してから再度建て直しすることになり、しばらく休業となった。

その間、ロイは大統領邸に住み、パティシエとしてお世話になることに決まり、アリアは大喜びだ。

ロイが回復した時点で、アリアは再び『作戦』の準備を始めた。

そう――『パパにフレンチトーストプレゼント大作戦』だ。

事前、エゼキエルの休みの日を秘書に確認し、そこは絶対に予定をいれないよう頼む。

何かを察した秘書は、一も二もなく頷いてくれた。

それまでアリアは、何度も練習を繰り返す。

全てはパパに美味しく食べてもらいたいがために。

◇◇◇

それから早、二週間。

美しく晴れ渡った青空の下で作戦は決行された。

場所は庭にある、例の贅沢な造りのガゼボでだ。

ガゼボの前に簡易式のキッチンが作られ、アリアはエルローズが作ってくれたフリッフリのエプロンを身に纏い、レースの三角巾(さんかくきん)を頭に付けてガゼボに座って待っているエゼキエルの前に登場した。

エゼキエルは、ほわんと目尻を下げながらアリアに向かって拍手をする。

内緒にしていたのに、すぐに察してしまう父にアリアはチョッピリ腹を立てるが、そこは経験の差だろうと自分を納得させた。

アリアは踏み台の上に乗ると賛辞を述べる。前世は人前に出ると緊張してしまい碌に話せなかった。だから、何度も練習した。

お客様は一人で、しかも父親だとしてもやはり緊張して肩が上がって固まってしまう。

（頑張れ、頑張れ、私！　今は加藤葉月じゃない、アリアなんだから）

たくさん愛情をくれる父と、手を差し伸べてくれる周囲の魔物たち。

「アリアお嬢様、大丈夫です。『お父様に喜んでもらいたい』というお気持ちだけで十分なんですから」

そして肩を擦って緊張を解いてくれる人間のロイ。

（私は愛してくれる人たちに囲まれている）

悪意のない、優しい眼差しに見守られている。

――加藤葉月が求めていた世界なんだ。

――そして、そこへ転生できたんだ。

アリアはスウッ、と深呼吸をして大きな声を出した。

「本日はおこしいただいて、ありがとうございます。今日はパパにアリアが作ったごはんをごちそうしたいと思います」

エゼキエルから盛大な拍手をもらい、アリアはお辞儀をする。ちゃんと挨拶ができて尻尾をブンブンと振ってしまったが、ご愛嬌だ。

「アリアはパパに何をご馳走してくれるのかな？」

「それはできてからの、おたのしみです」

エゼキエルの質問にアリアは含み笑いをしながら答えた。エゼキエルが苦笑する中、周囲から「お可愛らしい」と、軽やかな笑いが届く。

「では、作らせてもらいます」

アリアの合図にロイが浅い長方形容器を持ってきた。中に食パンが入っている。だいたい八枚切りの厚さだ。

アリアは食パンの上にハム、チーズ、ハムと重ねる。エゼキエルの分だからそれを二回繰り返した。

そうしてから卵を割って溶く。割る際にちょっぴり殻が入ってしまったが、トンペーが取ってくれた。

「ていねいに、はねないように」と魔法の呪文のように呟きながら、ゆっくりと泡立て器で混ぜる。

それに塩と牛乳を加え、さらに混ぜた。

パットに控えておいたハムとチーズ重ねのパンにゆっくりと流し込む。

「しばらく、つけておきます」

ひっくり返して両面に卵液を浸すのはトンペーに任せた。

その間に果物の皮を剝く。バナナとオレンジと苺だ。こちらの正式名称は知らないけれど、見かけがそうなので自分はそう呼んでいる果物たちだ。

ロイの助言と練習のお陰で、潰すことなく皮を剝けた。

それから包丁で、食べやすい大きさに切っていく。

包丁はエルローズからプレゼントされた物。

「アリアが包丁を扱うなんて……大丈夫なのか？」

エゼキエルがハラハラした様子で声をかけてきた。

「だいじょーぶ！　でも、気がちるから、だまっててください」

「はい」と大人しくなったので、アリアはそのまま作業を続行する。

丁寧にゆっくりなので切るだけで時間がかかった。バナナはすぐに変色するのでレモン水に浸しておいてもらった。

ロイに「変色を防ぐ方法をご存じだったんですか？　さすがですね」と感心されたけれど、前世の記憶です、とは言えない。なのでこれも「以前にいた人間の奥さんがやっていた」と答えた。

果物を切り終えて、とうとう本番！

先にフライパンの上にバターを落としておく。火を点けてバターが溶けたら卵液に浸したパンを入れて、焼き色がつくまで焼く。

（フライパン側に焼き色がついた次が、アリアにとって難関なのだ！）

両面を焼くのだけど、ひっくり返すのが難しい。

中に具材が入ってなければそれなりに返せるのだけど、ハムとチーズ入りだ。具材がずれないようにひっくり返さなくてはならない。

（五勝十敗……確率は五十パーセント。二回に一回の成功率）

アリアは両手に一本ずつフライパン返しを持つと、トーストをそろそろとすくっていく。

お好み焼きをひっくり返す要領でやろうという作戦だ。

外側に返したら駄目だ。練習中にどうしてかそれをやって、壁にトーストを差し上げてしまった。

「すばやく……すばやく……クルッとする！」

一瞬の気合いがものを言う。

（パパに食べてもらうんだ！）

その思いを乗せてフライパン返しを内側に返す。

だが――勢いが過ぎてクルクルと宙で回転した。

「わっ！　わわっ！」

新しいパターンにアリアは慌てる。

しかし運良く、焼いていない面がフライパン側に着地してくれて、アリアだけでなく周囲も安堵の息を吐いた。

そうして蓋をして、弱火で二分したら出来上がり。

真っ白な平皿に少し脇に寄せて盛りつけて、空けた場所に切ってあった果物を飾る。

生クリームやメイプルシロップなどは別盛りにして、自分のお好みでかけられるようにした。

ちょっとズレちゃってハムとチーズがはみ出たが、アリアにとっては大成功だ。

「出来た！」

アリアはワゴンに載せると、トンペーに押してもらう。

エゼキエルの横にワゴンをつけてもらうと、アリア直々にエゼキエルの前に出来上がったフレンチトーストを置いた。

背が低いので落とさないようにと、トンペーとエゼキエルの手が添えられたが。

「アリアとくせい『ハムとチーズ入りのフレンチトースト』です。おめしあがりください！　パパにはハムとチーズ重ねにしてみました！」

アリアは胸を張って「えへん」と咳払いしてみせる。

「くっ……」と何かを堪える声が聞こえる。

見ると、エゼキエルはボロ泣きしていた。

「アリアが……娘が……私のために作ってくれた食事……っ、なんて凄い、なんて優しい、なんていじらしいんだ……！」

「さめないうちに、食べてください」

このままでは感激し続けて、なかなか泣き止まないだろうと、アリアは促す。

「ああ、そうだな。頂こう」

エゼキエルも目頭を指で撫でて、それからナイフとフォークを手に取る。

アリアが横でジッと見守る中、一口大に切り取られエゼキエルの口の中に入っていく。

「ん、んん……うん……！　塩気のあるハムと濃厚なチーズに、卵で絡められたパンの相性が抜群だ！　トロッととろける熱々のチーズに、嚙み締めるたびに肉の味わいを増すハムとの調和をパンが邪魔しないどころが、それを包み込んでしつこさを軽減している……！」

「あじにあきたら、生クリームとかシロップかけて。あと、お口なおしにくだものも切ったの」

アリアの助言にエゼキエルは「では」と、早速シロップをかけて一口。

「なるほど、甘塩っぱくなるな。これはこれで癖になる味だ。それに果物を添えたのもいい。爽やかでジューシィな果物で口の中がさっぱりする」

（なんだか、料理対決の番組の審査員みたいな感想を述べる父だ）

と思いつつ、感激しながら食べているエゼキエルを見て「悪くない」と思うアリアだ。

エゼキエルなら、きっとどんな料理を出されようと「アリアが作ったものはなんでも美味しい」と言ってくれるだろう。

でも、食べているエゼキエルの表情は本当に「美味しい」とアリアに伝えている。

それがこそばゆくて、またとても嬉しい。

「パパがあまいものより、おにくとかのほうがすき、だと思ってフレンチトーストにへんか、くわえました」

「そ、そうなのか……！　アリアがパパのために考えてくれた……っ」

ショックを受けた顔をして、また涙を流し始めたエゼキエルにアリアは驚く。

「えっ？　どうして、びっくりしてるの？」

「アリアーーーーー！」

エゼキエルがナイフとフォークを放棄してアリアを抱き締めた。

何が何だかわからないアリアの脳内は「？」が、至る所に浮かび上がる。

「アリアは、どうしてそんなに思いやりがあるんだ？　どうしてそんなに賢いんだ？　どうしてそんなに天才なんだ？　パパが肉好きだということを考えて工夫して、どえらいメニューを考えて、パパは、パパはビックリしすぎてショックだ！」

前世でもあったメニューだし、ロイも知っていたということは、この人間の世界でも普通に存在していたメニューだろう。

ちょっと後ろめたくなって、真実を告げる。

「パパ、多分このメニューは、もともとある。ロイも知ってた」

「いいえ、アリアお嬢様。僕も提案されたとき、感心しました」

そう、ロイが言ってきた。

「なんの変哲もないフレンチトーストに、エゼキエル様の好みに合うよう工夫をされました。もちろん、この『ハムチーズ入りフレンチトースト』は人間の世界で既にあるメニューですが、それを知らないのにアリア様は提案されたのです。――アリア様は柔軟性のある頭脳をお持ちです」

「……えっ、ええ、ええと……」

（すみません、前世の記憶で……）

と言えない。

周囲も「うんうん」と、ロイの言葉に同意だと頷いている。

「……ええ、と……そ、そう思っただけでぇ……」

すごく後ろめたい。

もう「前世の記憶です」と白状したい。けれど、ここで言ったら周囲はきっと大パニックになるだろう。いや、きっとなる。

やはりここは貝になろう。アリアは笑って誤魔化した。

「アリア様は謙虚な方だ、決して威張ったりしない」

「本当に。このお年で傲慢にならず、控えめでいらして」

「柔軟に知恵をお使いになる」

「『才色兼備』、『才貌両全』というお言葉は、アリア様にこそ相応しい」

ニコニコしている間にも、次々と賞賛の声が上がっていく。

（……いやぁっ！　中身の追いつかないイメージが定着してしまう！　というかやっぱりこの世界にも四文字熟語みたいなものが存在してる！）

「パパ！」

アリアはエゼキエルを呼び、周囲の声を止める。

「アリアも、いっしょに食べていい？」

と、子供らしく可愛らしくを意識しておねだりをした。

「うんうん、いいとも」

エゼキエルはとろけたバターのような顔をしながら、アリアを自分の膝の上に乗せる。

「では、アリア様の分をお作りしましょうか？」

ロイが声をかけてくる。なのでアリアは、

「みんなの分も作ってあげて、ほしいな」

そうお願いする。ロイはにこりと笑うとトンペーに視線を向ける。

「もちろんです。トンペーさんも手伝っていただけますか？」

「ええ、もちろんですよ」

二人仲良く簡易キッチンに向かう。その様子を見てアリアは姿形が違うだけなんだな、と思う。

魔物も人間も関係ないんだ、と。

「パパ、あのね。アリアの『パパにフレンチトーストプレゼント大作戦』は、おやしきのみんながきょうりょくしてくれたんだよ。アリア、ぶきっちょなのを知ったの」

「そうか、アリアは不器用なんだな」

「うん、それでガッカリしたり、ないたり、おちこんだりしたんだけど、みんながはげましてくれた。——だから、アリアがすごいわけじゃなくて、やさしいわけじゃないし、天才でもない。みんなのおかげ」

とりあえず、自分に対しての評価を訂正しておこう。

けれど、エゼキエルは聞いているのだろうか？

ニコニコと甘い顔をしたまま自分の言葉に頷いていているが、頭に入っているだろうか？

「パパ？　きいてる？」

「ああ聞いてるよ。アリアは優しくて思いやりのある子だってことを」

アリアは「駄目だ、言ってる意味を都合のいい風に変えちゃってる」と半目になってしまう。

エゼキエルはそんな娘の頬にキスをすると、今度は父親らしい顔の上に笑顔を乗せてきた。

「自分がこうしてできたことは『皆のお陰』と思えて、言葉にできるということは、とてもすごいことだとパパは思う。ちゃんと感謝を伝えることが出来る。だからアリアは優しくて思いやりのある子だって言ったんだ」

「……そうか」

そういう意味で言ったんだ、とアリアは納得する。同時に、こそばゆくなってしまう。

「アリアは今まで辛い生活をしてきた。きっと褒めてもらったこともないだろうし、前向きになれる言葉をかけてもらったこともなかったと思う。だからね、パパは今までの分も入れていっぱいいっぱい、アリアを褒めてあげたい。『アリアは私の命より大切な娘だ』と何度だって言いたいし『愛している』とギュッと抱き締めてあげたいんだ」

そういいながら、エゼキエルはキュッとアリアを抱き締めた。

ふわん、と穏やかな風がアリアの体を抱き締め、通り過ぎていった。

不思議な風で、どうしてかとても懐かしい気がした。

「……ローラ」

エゼキエルが呟いて、今の風がなんだったのかアリアにもわかった。

（アリアは愛されてる。加藤葉月が生前に望んだように……）

半分フェンリルだけど、それだってとても嬉しい。

――パパが大好きだから。

もう半分は人間だけど、それだってとても嬉しい。

――ママも大好きだから。

自分のことだって、大好きだ。

――だって、一番望んだ物を手に入れたから。

「パパ、ママ……ありがと」

「パパこそ、ありがとうだ。アリア」

互いに顔を合わせ笑い合う。

それからアリアは、食べやすいように切ってあるフレンチトーストをフォークで刺すと、エゼキエルに向ける。

「はい、パパ。お口あけて」

「あーん」

エゼキエルが大きく口を開けたので、食べさせた。

「んん、アリアに食べさせてもらうと、ますます美味しいなぁ」

デレデレの「娘命」になっているエゼキエルはアリアに何をしてもらっても、嬉しいのだろう。

それはアリアにもわかる。父に会えてちょっと度が過ぎていると思うが、それだって体が震えるほどの喜びをたくさんくれる。

何をしてもらっても、結局は何でも嬉しいのだ。

親子の間にしかない、嬉しさがそこにあった。

――でも。

「パパ。あまりアリアをあまやかしたらダメ、だから。ワガママな子になっちゃう」

念を押しておく。甘やかしはほどほどでいい。

「ん～。パパはもう少しアリアを甘やかしたいなぁ。それにアリアはしっかり者だから、パパがどんなに甘やかしても大丈夫だと思うぞ？」

「もう……アリアが、パパをしかることになる」

「それもいいなぁ」

何を言ってもエゼキエルには「娘との甘い会話」に変換される。

仕方ない。

（しばらくはそうでもいいか）

――親子としての生活は、始まったばかりだから。

コスミック文庫 α

転生したらケモミミ幼女でフェンリル王の娘でした
～パパにフレンチトーストプレゼント大作戦！～

2024年1月1日　初版発行

【著者】　鳴澤うた
【発行人】　佐藤広野
【発行】　株式会社コスミック出版
〒154-0002　東京都世田谷区下馬 6-15-4
【お問い合わせ】 ―営業部― TEL 03(5432)7084　FAX 03(5432)7088
―編集部― TEL 03(5432)7086　FAX 03(5432)7090
【ホームページ】 https://www.cosmicpub.com/
【振替口座】 00110-8-611382
【印刷／製本】 中央精版印刷株式会社

ISBN978-4-7747-6526-6 C0193

コスミック文庫α好評既刊

やんちゃな異世界王子たちとアウトドアでキャンプ飯

朝陽ゆりね

大学生のコージは趣味のソロキャンプに出かけた先で突如光に包まれ異世界へ。だが、いきなり目の前にはドラゴンが！　そのままひと息で吹き飛ばされ、どこかの山奥で遭難するハメに。傍らには驚く幼い王子兄弟がいて、どうやら一緒に吹き飛ばされてしまったらしい。アウトドアの知識を活かし兄弟の故郷、ファイザリー王国への帰還を目指す三人だったが、慣れない子供の世話に悪戦苦闘する。ところが、弟王子ナリスが発熱してしまい——!?

故郷目指して王子兄弟と異世界アウトドア生活!!